SO-CBQ-371

JEUNESSE

COLLECTION DIRIGÉE PAR **ANNE-MARIE AUBIN**

La Bergère de chevaux

La Bergère
de
chevaux

CHRISTIANE DUCHESNE

ROMAN

QUÉBEC/AMÉRIQUE JEUNESSE

1380 A, rue de Coulomb
Boucherville, Québec J4B 7J4
(514) 655-5166

Données de catalogage avant publication (Canada)

Duchesne, Christiane, 1949-
   La bergère de chevaux

   (Gulliver jeunesse ; 46)

   ISBN 2-89037-674-5
   I. Titre. II. Collection.

PS8557.U265B46 1995   JC843' .54   C95-940803-7
PS9557.U265B46 1995
PZ23.D82Be 1995

Les Éditions Québec/Amérique bénéficient du pro-
gramme de subvention globale du Conseil des Arts du
Canada.

Dépôt légal :
4ᵉ trimestre 1995
Bibliothèque nationale du Québec
Bibliothèque nationale du Canada

Diffusion :
Éditions françaises
1411, rue Ampère
Boucherville (Québec)
J4B 5W2
(514) 641-0514
(514) 871-0111 - région métropolitaine
1-800-361-9635 - région extérieure
(514) 641-4893 - télécopieur

Révision linguistique : Diane Martin
Montage : Cait Beattie

«Pour moi, comprendre un cheval, c'est me couler dans la lenteur de son âme. Tu peux aussi appeler ça la patience.»

Bartabas
du grand cirque Zingaro

Chapitre un

Ce matin-là, Marie s'étonne. De chez elle, on peut apercevoir à l'autre bout du village la grande maison de Balthazar. Comment se fait-il qu'on ne voie pas de fumée monter de la cheminée? Il tombe une neige douce, le froid n'est pas trop froid, mais tout de même, ce n'est pas normal que Balthazar n'ait pas déjà allumé de feu. Marie laisse retomber le rideau blanc. «Pour une fois, il ne sera pas levé à six heures pour écrire», dit-elle avec un sourire.

Lorsque Balthazar s'installe pour écrire, il prend toujours le temps d'alimenter le feu dans la cheminée. Il fixe longuement les braises. Marie a l'habitude de dire : «Au moment où on croit qu'il va s'endormir, il se tourne tout à coup vers sa table de travail, prend sa plume noire et se met à écrire.»

Balthazar écrit beaucoup. Il écrit des histoires. Il en a toujours écrit, c'est son métier. Jamais l'été, toutefois. Les contes et les histoires, c'est une affaire d'automne, d'hiver et de printemps. Balthazar réserve ses étés aux voyages. «Il part à la chasse, dit chaque fois Marie. Il part à la chasse aux contes.»

Vers midi, la maison de Balthazar semble aussi morte que le matin. Marie demeure un moment songeuse, puis elle enfile ses fourrures, s'enveloppe dans un grand châle et sort, curieuse et inquiète à la fois. Balthazar a sans doute travaillé très tard, mais s'il dort encore, c'est peut-être qu'il est malade. Elle avance, toute légère, dans la neige folle. Marie a soixante-douze ans, deux ans de plus que Balthazar, et elle est toute menue. Elle marche à petits pas, mais c'est en courant qu'elle voudrait traverser le village pour en avoir le cœur net. Le trajet lui semble plus long que jamais, même s'il ne faut que cinq ou six minutes pour aller de chez elle jusque chez Balthazar.

— Balthazar? Balthazar, vous êtes là? Balthazar, c'est moi, Marie!

La maison est étrangement silencieuse. Marie monte d'abord à la chambre de Balthazar. Rien, personne, pas un son, pas une trace. Le vieil édredon à fleurs bleues est parfaitement tiré, les quatre oreillers bien gonflés. Balthazar a dû sortir très tôt. «À moins qu'il n'ait dormi ailleurs?» se demande-t-elle. Elle descend vite à la cuisine. Pas d'assiette, pas de tasse, ni cuillère, ni couteau, tout est rangé.

Le cœur de Marie bat tout à coup très fort. «Ce n'est pas dans ses habitudes. Il a dû lui arriver quelque chose. Il lui est sûrement arrivé quelque chose», se répète-t-elle en faisant le tour de toutes les pièces de la maison. Partout flotte une odeur froide, un parfum de vide, comme si la maison ne s'était pas réveillée. «Et s'il avait tout simplement dû partir d'urgence? Il n'a pas eu le temps de m'avertir. Voilà. Quelqu'un l'a appelé, il a dû partir très vite et il me donnera des nouvelles dès qu'il le pourra.»

Dehors, la neige douce se transforme en poudrerie. Le vent s'est levé. Marie écarte le rideau de dentelle. «On ne voit même plus chez moi. J'espère au moins qu'il n'est pas parti à pied, qu'il a pris un taxi, qu'il a pris l'autobus.» Jamais elle n'aura le courage de marcher jusque chez elle si la tempête se déchaîne. L'inquiétude l'épuise. Elle restera ici, l'attendra jusqu'à ce qu'il revienne, puis elle rentrera, rassurée. «Je vais tout de même faire un feu», se dit-elle.

Le silence de plus en plus lourd lui serre le cœur. Marie choisit les bûches, les empile dans la cheminée, construit son feu en pensant à Balthazar. Ce n'est que lorsque les flammes montent, bien hautes et bien claires, qu'elle va s'asseoir dans le grand fauteuil de cuir bleu fatigué. Fatiguée, elle aussi.

«Balthazar a toujours inventé ses histoires en fixant le feu, songe-t-elle. Qu'est-ce qu'il y voit donc?» Marie observe les hautes fenêtres blanchies par la tempête, le grand piano à

queue plus noir que noir, les centaines de vieilles fleurs de tous les
tapis qui se côtoient sur le plancher
de chêne, les rideaux lourds déco-
lorés par le temps, la collection des
soixante-douze petits chevaux, le
violoncelle couché sur le côté, les
fougères comme une forêt. «C'est ici
que j'aurais aimé vivre, avec lui», dit-
elle à voix haute. Marie ferme les
yeux, et le silence retombe aussitôt
sur l'immense maison de Balthazar.

Chapitre deux

— Tu vois bien qu'elle dort! Tu pourrais te taire, chuchote une voix dans les fougères.

— Tais-toi toi-même! Et cesse de laisser tomber tes miettes. J'en ai plein la chevelure! répond une autre voix, fâchée.

— Taisez-vous! gronde une troisième voix.

— Qui est là? murmure une petite voix qui vient de l'intérieur du piano.

— Silence! Tout le monde à la cuisine! ordonne une autre voix.

Si Marie ne dormait pas, elle croirait entendre des souris courir à travers la maison. Mais ce sont de curieux personnages, minuscules, à peine plus grands qu'une grosse boîte d'allumettes, qui se faufilent à travers le salon, sortant du piano, sautant d'une fougère, se glissant de derrière les rideaux et qui, à la queue leu leu, s'en vont vers la cuisine : un dragon d'abord, puis un crocodile, une taupe, une souris et un serpent, et derrière eux deux petits garçons vêtus exactement de la même façon. Aucun d'eux ne mesure plus de dix centimètres.

— Attention, ne fermez pas la porte, dit le crocodile d'une voix très troublée. Il faut absolument laisser tout à sa place et ne montrer d'aucune façon que nous sommes installés ici.

— Nous devrions peut-être nous présenter? suggère la taupe.

— Ce serait la moindre des choses, répond la souris.

— Moi, dit le crocodile, je vis dans un livre. Je suis le héros de la toute première histoire écrite par monsieur Balthazar, il y a presque cinquante ans.

Ils se regardent tous, étonnés.

— Et votre nom? demande un dragon tout ridé.

— Comment? Vous ne connaissez pas *Les Crocs du croco Croque*? s'exclame le crocodile.

— Pas du tout, je n'ai jamais connu d'autre histoire que la mienne, celle que Balthazar a écrite l'an dernier, vous savez, celle du dragon qui n'a plus d'âge tellement il est vieux?

— Je crois, dit la souris, que nous ne pouvons pas connaître toutes les histoires de Balthazar. Nous connaissons chacun la nôtre et c'est tout. Moi aussi, je viens d'un livre... Est-ce que nous serions tous sortis d'un conte de Balthazar? demande-t-elle d'une voix timide.

— J'ai bien peur que oui, dit le crocodile, subitement très grave. Pire! Nous sommes chez lui, dans sa propre maison, et lui, il n'est pas là pour nous en donner la raison. Si cette dame le cherche, c'est bien qu'il est absent! Alors pourquoi sommes-nous ici?

L'inquiétude s'installe. Chacun regarde les autres avec des yeux craintifs.

— Il a écrit des centaines de livres, murmure le dragon tout ridé. Imaginez que tous ses autres personnages soient ici, comme nous, cachés quelque part!

— Commençons donc par nous présenter, dit le croco Croque. Nous aviserons après. Alors, je suis Croque, vous êtes le dragon...

— Zag. Le dragon Zag.

— Moi, je suis un boa sans nom. Je n'ai pas de nom, dans mon histoire. Le serpent Bé, peut-être?

— Bé pour boa! Vous êtes d'une rare originalité, vous! fait Croque. Nous vous appellerons Bé, c'est entendu.

— Moi, je me nomme Antoine et je suis une taupe.

— Une taupe? Vous ne seriez pas plutôt un taupe? demande le dragon Zag.

— Non, non, pas du tout. Je suis une taupe mâle et je me nomme Antoine. On ne dit pas un taupe et une taupe, on dit une taupe. Nous sommes mâles ou femelles, mais nous sommes toujours une taupe.

— Comme les souris! On ne dit pas chez nous un souris ou une souris, nous sommes des souris, c'est tout. Et moi, je suis une souris. Béatrice, souris. Femelle.

— Et vous? dit Croque en pointant le doigt vers les deux petits garçons.

— Nous sommes les jumeaux, et comme vous, monsieur le boa serpent Bé, nous n'avons jamais eu de nom. Dans notre histoire, nous étions les jumeaux, sans plus.

— Alors, nous y sommes tous : le dragon Zag, le serpent Bé, boa de son état, Antoine la taupe, la souris Béatrice, les jumeaux sans nom et moi, Croque.

— Il faudrait tout de même donner des noms aux jumeaux, sinon on ne s'y retrouvera jamais, dit Béatrice.

— Quelque chose de simple, comme X et Y? suggère Zag.

— Je serai X et tu seras Y? propose le premier jumeau.

— C'est tout à fait parfait. Vous voyez, il a les yeux un peu de travers, dit le deuxième jumeau en riant.

Alors X, c'est toi à cause de tes yeux qui se croisent et moi, je suis Y.

— Et maintenant, soyons sérieux. Que diable faisons-nous tous ici? demande Zag.

— Mais je n'en ai aucune idée! répond le serpent Bé. Pas plus que vous, sans doute!

— Je crois... je crois que notre apparition ici a un certain rapport avec l'absence de monsieur Balthazar, dit le crocodile.

— Ou sa disparition? coupe le serpent Bé.

— Vous avez tous été témoins de l'inquiétude de cette dame, Marie, qui dort au salon, poursuit le crocodile. Balthazar ne doit pas avoir l'habitude de partir ainsi sans l'avertir. Elle l'a cherché partout dans la maison!

— Elle avait l'air soucieuse, souligne Béatrice.

— Très soucieuse, ajoute Antoine.

— Où est-il, alors? dit encore Croque. Pourquoi serait-il parti? Nous ne le savons pas. Mais cela a certainement à voir avec le fait que nous, nous nous retrouvions ici, sans nous connaître.

— En réalité, le seul lien qui nous rattache, c'est d'être nés de l'esprit de Balthazar, dit Zag, tout à coup pensif.

— Et si nous sommes ici, dit Béatrice de sa voix flûtée, c'est sans doute parce que c'est nécessaire. On ne fait pas sortir comme ça des personnages d'un livre! C'est grave!

— Mais comment avons-nous pu sortir de nos livres? murmure Antoine. Nous aurait-on jeté un sort? Serait-ce un mauvais tour qu'on nous joue?

— Et qu'est-ce qui se passe dans les livres pendant que nous sommes ici? Ils sont vides? Ce sont des histoires sans personnages? marmonne Y. Et comment allons-nous y retourner, dans nos livres?

— Nous n'en savons rien et nous ne pouvons faire plus que d'être ici et de chercher une solution, dit Croque. Alors, nous allons être très sages, très polis, extraordinairement discrets et nous allons attendre, comme madame Marie. Et que personne ne la réveille, je vous en prie. Restons aux aguets!

— Et si Balthazar revient? souffle Béatrice.

— Si Balthazar revient, tout ira pour le mieux. Et nous en profiterons pour lui demander des explications.

Chapitre trois

«Il faut que je retrouve cette histoire. Il le faut, c'est nécessaire. Sinon, à quoi aura-t-il servi que j'écrive toutes les autres?» se demande Balthazar en arpentant son grenier.

Depuis des jours, il cherche désespérément des lettres, écrites à Marie depuis des années, à travers lesquelles s'écrivait une histoire. Balthazar se méfie de ses méthodes de rangement. S'il prend le temps de classer ses papiers, de mettre en ordre toutes les histoires qu'il n'a pas terminées, il ne s'y retrouve plus. Ce n'est pas à cause de son âge, non. C'est que la maison est trop grande, les placards trop nombreux et remplis de dossiers jusqu'au plafond. Balthazar a toujours eu beaucoup de peine à garder ses choses en ordre.

La nuit précédente, il s'était réveillé d'un coup, le cœur battant, mais heureux. Il venait de trouver, pensait-il. Les lettres étaient en bas, dans un grand dossier bleu. «Et pourtant, il me semble les avoir rangées ailleurs un jour...» Il s'était tout de même levé, avait fouillé ses tiroirs, ses classeurs. Il avait bien retrouvé le dossier bleu noué d'un cordon noir. Les lettres n'y étaient pas, mais tout y parlait de Marie. Il avait relu les coupures de journaux, les articles, regardé les photos de Marie à cheval, de Marie au galop, de Marie qui gagne tous les concours, qui franchit tous les obstacles. Les photos de Marie à cheval au bord de la mer, dans la mer, à cheval dans les vagues, de Marie essoufflée, de Marie souriante. Il avait retrouvé les photos de toutes sortes de Marie. Et il en aurait voulu plus encore. Mais c'étaient des lettres qu'il cherchait, des dizaines de lettres qui racontaient une histoire pour Marie, pour elle toute seule.

Balthazar était remonté, déçu. Il avait bien essayé de dormir, mais n'y arrivait plus. Il devait trouver les lettres pour Marie. Sans attendre le matin, il avait fait son lit.

— Je les trouverai! s'était-il écrié au beau milieu de sa chambre en s'habillant rapidement. Même si je dois y passer des jours. D'abord, le grenier!

Balthazar était descendu à la cuisine faire une énorme provision de biscuits et il était monté au grenier, bien décidé à fouiller l'immense espace qui lui avait servi de bureau, des années auparavant.

Depuis presque douze heures, il remue un désordre absolu. Des boîtes empilées les unes sur les autres comme si elles voulaient défier l'équilibre, jusqu'au plafond des tablettes sur lesquelles s'alignent d'innombrables dossiers, verts, jaunes, rouges et bleus, surtout des bleus. Des histoires, toutes sortes d'histoires s'accumulent depuis presque cinquante ans dans les dossiers de Balthazar, des histoires d'animaux surtout. La première, *Les Crocs du croco Croque*, une étrange histoire de crocodile heureux qui adorait le chocolat sans jamais oser le dire. La dernière, *Le Mystère du dragon*, le plus vieux, le plus triste, le plus ridé de tous les animaux de la terre, qui savait trouver toutes les solutions, qui expliquait les mystères avec une sagesse inouïe. Plus loin, dans des chemises tout usées, *Les Vilains Garçons*. «J'aurais peut-être dû leur donner des noms, à ces pauvres jumeaux! se dit Balthazar en feuilletant le manuscrit. Comme à ce pauvre boa dans *Il était une fois un serpent*! Est-ce que les noms sont vraiment nécessaires?» Il ouvre la chemise intitulée *Un jour Béatrice*, juste à côté d'une autre, *Mon cher Antoine*. Balthazar a beau dire qu'il aime tous ses contes de la même manière, il doit bien avouer que ceux-là sont de loin ses préférés.

Mais Balthazar cherche un titre précis : *La Bergère de chevaux*. Il sait qu'il a un jour écrit sagement le titre à l'encre noire, qu'il a rassemblé dans un même dossier toutes les lettres qui en constituent l'histoire. Des lettres qu'il n'avait jamais mises à la poste, qu'il n'avait jamais osé envoyer. «Il y a longtemps que j'aurais dû faire de l'ordre là-dedans!» soupire Balthazar.

Un jour, il y a longtemps, Marie lui avait dit :

— Quand j'étais petite, je détestais les bergères. Elles avaient toujours des moutons blancs et propres, elles avaient les cheveux blonds comme des anges tombés du ciel, elles perdaient un mouton que le loup dévorait et elles pleuraient jusqu'à ce qu'un beau jeune homme leur rapporte un mouton sain et sauf. Je n'aime pas les bergères.

Et Balthazar avait répondu :

— Vous n'aimez ni les bergères ni les fées, vous n'aimez que les choses bien sauvages.

— Si j'avais dû être bergère, j'aurais été bergère de chevaux, avait répondu Marie.

Plus tard et tout à fait par hasard, Balthazar avait découvert dans un livre la photo d'une petite fille à cheval. Une petite fille brune avec des tresses un peu défaites sur le dos, des yeux très clairs, comme s'il y avait des lumières à l'intérieur de ces yeux-là qui ressemblaient à des noisettes, des joues douces comme de la peau de pêche et des dents bien blanches, un peu écartées. «Pour laisser passer la timidité, s'était dit Balthazar en regardant la photo. Parce que les gens qui ont les dents comme ça sont toujours très timides au fond de leur cœur, même s'ils n'en ont pas l'air.»

Balthazar avait alors inventé pour Marie la bergère de chevaux ou, du moins, son histoire. Elle partait un matin, très fière, du fond d'un grand désert de l'ouest de la Chine. Elle allait vendre les chevaux pour son père. Mais ce n'était pas tout à fait vrai. Elle ne vendrait jamais ces chevaux-là ; elle n'oserait jamais faire une chose pareille. Depuis qu'elle était petite, elle voyait disparaître les chevaux qu'elle aimait parce qu'il fallait les vendre. Ceux-là, elle allait les sauver, les mener au bord de la mer, très loin par delà les montagnes, passé les limites du désert. Car elle savait que, de l'autre côté des montagnes, il y avait la mer qu'elle n'avait jamais vue. Elle l'avait imaginée et la voulait pour elle toute seule. Elle voulait la découvrir, arriver sûre d'elle-même et dire à ses chevaux : «Allez-y, je vous la donne, et je me la donne à moi aussi.» Ils auraient flairé l'eau du sabot, juste pour voir ce qu'était cette chose insoupçonnée, et ils auraient tous galopé dans les vagues qui venaient se coucher doucement sur le sable. Ils se seraient avancés, la crinière fière. Elle aurait monté le plus petit pour qu'il ait moins peur. Mais elle aurait rêvé d'avoir derrière elle le plus extraordinaire cavalier pour la tenir très fort contre lui, comme la plus grande caresse du monde. Elle n'aurait jamais vendu les chevaux.

Balthazar se rappelle mal la suite de l'histoire. «Je l'ai écrite pendant des années, se dit-il, je l'ai éparpillée dans toutes sortes d'enveloppes durant presque trente ans. Pourquoi donc n'ai-je jamais pris le temps de l'écrire comme un livre, un vrai ? Pourquoi est-ce que je ne l'ai jamais terminée ?» Et, tout à coup, il se dit avec un sourire magnifiquement clair :

«S'il y avait des contes qui ne se terminent jamais? Si ce n'était pas vraiment une histoire?»

Chapitre quatre

Dort-elle vraiment? Marie ne saurait le dire. Il y a d'étranges moments de sommeil où on sait que l'on rêve. Rêve-t-elle ou se rappelle-t-elle simplement quelque chose? Balthazar lui a dit un jour : «Vous me demandez toujours, Marie, pourquoi je regarde aussi fixement le feu. Si je savais moi-même ce qui se passe dans ma tête, je vous l'expliquerais avec le plus grand bonheur. Mais je ne le sais pas. Au moment où je regardais les braises, l'autre jour, par exemple, il ne se passait rien. Dès que j'ai levé les yeux, j'ai regardé dehors et il m'est venu l'idée d'un personnage, un grand oiseau très tendre et très solitaire. Alors je me suis mis à raconter l'histoire de ce grand animal,

comme si je le voyais, là, par la fenêtre. Est-ce que les histoires existent
déjà dans notre esprit? Qu'est-ce
qui fait qu'on les invente à un moment ou à un autre? Je l'ignore. Et ce
qu'il y a de plus curieux, c'est qu'ils
existent bel et bien, pour moi, tous
ces personnages que j'invente. À la
fin d'une histoire, je les connais très
bien.»

Les yeux toujours fermés, Marie
écoute en elle ce souvenir de Balthazar. Elle l'entend, comme s'il était
là, près d'elle. Balthazar a bien raison
de dire que Marie a la mémoire
obstinée.

Trois coups. Trois notes. Elle ouvre
lentement les yeux. Le silence plane
toujours dans la maison, mais dehors
le vent gémit de plus en plus fort. Les
fenêtres blanchies ne laissent même
plus voir la tempête. «Trois heures!»
murmure-t-elle. Le feu va bientôt
s'éteindre. Elle déplace les braises,
ajoute trois bûches qu'elle soulève
avec peine. Malgré les lueurs du feu,
l'obscurité envahit rapidement la maison. Marie traverse le grand salon
pour allumer la lampe bleue, un peu

violette, qu'elle a un jour offerte à Balthazar. «Une lumière de nuit.»

Sur la petite table de marbre, juste à côté de la lampe, elle aperçoit un dossier, bleu aussi, sur lequel Balthazar a écrit de sa grande écriture souple, à l'encre noire : *Marie*. Encore une fois, son cœur s'affole. Depuis toujours, les grandes émotions comme les petites font battre très fort le cœur de Marie. Chaque fois, ses mains tremblent trop. Elle n'a jamais su camoufler les gonflements de son cœur, qu'ils soient heureux ou malheureux.

«S'il a écrit *Marie*, c'est sans doute un peu pour moi, dit-elle avec un sourire qui manque d'assurance. Oh, Balthazar, où êtes-vous donc?» Elle défait en tremblant le cordon noir qui ferme le grand dossier bleu. Des feuillets s'évadent, des papiers tombent, des cartes postales, des photos, tout le contenu de la chemise s'éparpille. Les lettres de Marie, des photos de Marie, tout ce qu'elle a écrit à Balthazar depuis qu'elle le connaît. «Presque trente ans de lettres. Et il a tout gardé!» Mais au moment où elle s'apprête à lire les papiers qu'elle ramasse doucement, la lampe bleue s'éteint. Il ne reste que la lumière du feu. C'est la panne. La tempête a eu raison de l'électricité. Marie prend la lampe à pétrole à côté du piano et va à la cuisine chercher des allumettes.

— Silence, elle arrive! chuchote le dragon Zag.

Marie entre dans la cuisine sombre. Elle se hisse sur la pointe des pieds pour attraper la boîte d'allumettes. Sous la table, personne n'ose bouger.

— Oh!

Marie n'a pu retenir son cri. Sur la tablette, une boîte de fer marquée de la même grande écriture : *Marie.* Comme un ouragan ou un raz-de-marée, la peur lui dévaste le cœur. Est-ce qu'il y a partout à travers la maison des chemises, des boîtes, des caisses peut-être marquées au nom de Marie, comme autant de signes impossibles à décoder? Pourquoi n'a-t-elle jamais remarqué ni le dossier ni la boîte? Parce qu'ils étaient cachés? Est-ce que Balthazar serait parti pour toujours en laissant derrière lui un étrange message? Est-ce que, sentant venir un drame ou quelque danger, il aurait tenté de lui confier des indices?

— Je suis trop vieille pour avoir aussi peur toute seule, dit Marie. Et je me parlerai à voix haute pour avoir moins peur. Voilà, ajoute-t-elle très fort.

Serrés les uns contre les autres sous la table de la cuisine, les petits se lancent des regards inquiets. Aucun d'eux n'ose bouger ni parler. Si Marie les découvrait, elle mourrait de peur, c'est sûr. Pourtant, ils voudraient tous la rassurer, lui dire qu'elle n'est pas seule et qu'ils sont prêts à l'aider à retrouver Balthazar. Il leur sert de père, après tout.

— Je rentre chez moi, dit Marie. Cela me fait trop peur. Sans électricité, c'est pire! J'ai peur, je rentre chez moi.

Elle traverse le salon, sa lampe à la main, replace nerveusement et sans les lire les papiers du dossier bleu.

— Je téléphonerai plus tard. C'est ça, j'appellerai plus tard, et Balthazar sera là.

Elle enfile ses bottes et son manteau, s'enroule dans son grand châle à fleurs, souffle la lampe et vérifie le feu, se hâte de sortir et fonce dans la tempête, tête baissée pour lutter contre le vent.

Chapitre cinq

— Il faut immédiatement commencer les recherches! déclare Antoine.

— Vous n'avez pas peur du noir, le taupe? dit le dragon Zag.

— La taupe! Non, je n'ai pas peur du noir, réplique Antoine, un peu fâché.

— Moi non plus! dit Béatrice. Et cessez d'agacer ce pauvre Antoine!

— Je n'ai pas peur, dit le serpent Bé.

— Nous non plus, font les jumeaux.

— Alors, annonce Antoine, nous allons tout de suite nous mettre à la recherche de Balthazar. La maison est immense et nous sommes très petits. Je suis convaincu que Balthazar est ici, quelque part.

— Et pourquoi en êtes-vous donc si sûr? demande le serpent Bé.

— Vous n'avez pas remarqué que son manteau est là, ses bottes aussi? répond Antoine. Il ne serait pas parti sans manteau dans la neige!

— Vous avez raison, reprend le dragon Zag. Il est certainement dans la maison. J'ai peur...

— C'est un travail de titan qui nous attend! soupire Béatrice.

— Pas de découragement, je vous en supplie! Nous sommes capables de marcher, de grimper, de sauter. Au travail! Rendez-vous ici dès que vous entendrez l'horloge du salon sonner douze coups. Et ne vous perdez pas! Observez tout, même s'il fait noir, et tendez l'oreille! ordonne Antoine. Je vous jure qu'il est dans la maison, notre Balthazar!

Chacun part de son côté explorer l'inconnu de la grande maison.

▲ ▲ ▲

Chez elle, à l'autre bout du village, Marie cherche à comprendre. Si elle n'était pas si fatiguée, si elle n'avait

48

pas fait couler un bain à l'huile de rose, si elle s'était plutôt installée à sa fenêtre pour surveiller la maison de Balthazar à l'autre bout du village, elle aurait vu, juste avant que Balthazar tire le rideau, la lueur des chandelles éclairer la lucarne du grenier.

Mais, à l'heure qu'il est, elle est couchée dans une eau parfumée, entourée de chandelles. Elle fixe le mur et y voit défiler des images de Balthazar. Balthazar en pantalon de velours. Balthazar avec des yeux qui rient. Balthazar en chandail rouge. Balthazar à quarante ans. Balthazar avant. Balthazar après. Balthazar de dos. Balthazar de loin qui marche vers elle sans la voir et qui tout à coup l'aperçoit. Balthazar qui l'attend. Balthazar les yeux fermés. Balthazar au téléphone. Balthazar un peu triste. Les cheveux de Balthazar. Les sourires de Balthazar. Son cou tellement tendre qu'on voudrait toujours s'y reposer. Tous ces Balthazar passent devant ses yeux comme si elle l'inventait pour elle toute seule. Comme un Roi mage, un Balthazar qui aurait traversé pour elle toute l'histoire du monde.

«C'est peut-être comme ça qu'il voit des histoires en regardant le feu...» pense-t-elle en se retournant lentement dans l'eau qui a des odeurs de jardin d'été après la pluie.

▲　▲　▲

Comment une taupe, qui, en principe, n'y voit jamais clair, a-t-elle pu remarquer d'aussi petits caractères? On ne le saura jamais. Mais ces personnages inventés par Balthazar ont sans doute des pouvoirs insoupçonnés. Antoine la taupe s'est lentement hissé sur la grande table du salon. Il s'est promené avec énormément de délicatesse entre les papiers épars et il a subitement freiné sa lente progression. Devant lui, une cavalerie complète de chevaux presque aussi grands que lui! Des chevaux de fer, simples comme des profils, sans ornements; des chevaux de bois, des chevaux peints ou dorés d'un vieil or qui s'efface, des noirs, complètement noirs, un blanc, un seul. Antoine sait compter et très vite. Il a rapidement fait le total de cette étrange cavalerie qui encombre la table de Balthazar. Soixante-douze chevaux, plus immobiles les uns que les autres. Antoine passe lentement entre les chevaux, tâtant les pattes de bois, de fer et de cuivre, s'assurant que ces braves bêtes sont absolument immobiles.

Il remarque alors que, sous chaque cheval, à l'endroit le plus tendre du ventre de l'animal, quelqu'un a tracé des signes. Il fait tellement noir qu'on ne saurait lire vraiment. Mais quelque chose est écrit. Des lettres et des chiffres. On dirait bel et bien les mêmes lettres sous chaque cheval. Comment arriver à déchiffrer ces signes? Il faudrait déplacer les chevaux, parvenir à les faire descendre de la table, les approcher de ce qui reste du feu. Impossible, ils sont trop lourds. Antoine les ferait tomber, les laisserait malgré lui s'échapper de ses petites pattes de taupe inventée. Il faudrait quoi? Que la lumière apparaisse tout à coup? Que le jour revienne? Il faudra donc attendre jusqu'à demain matin. «Cette découverte a sûrement une grande valeur», se dit Antoine.

▲ ▲ ▲

Dans la salle à manger, Béatrice s'arrête pour réfléchir.

— Et si Balthazar était en train d'écrire une nouvelle histoire où nous sommes tous présents, une histoire dans laquelle il raconte ce que nous sommes en train de faire maintenant? se demande-t-elle soudain. Si nous nous retrouvions tous ici pour la simple raison qu'il pense à nous? Ce serait un peu fou, mais c'est possible...

Béatrice, souris de classe, très grise et très fine, fait le tour de la cuisine.

— Il faut réfléchir, pas seulement chercher, dit-elle en s'asseyant dans un coin, bien calée sur ses fesses de souris. Il faut se poser quelques questions... Un : il n'est pas là, mais cela ne signifie pas qu'il a disparu. Où est-il? Antoine a raison, il est peut-être ici, dans la maison. Il a quelque chose de très intelligent, ce cher Antoine. Deux : pourquoi est-ce qu'on le cherche? Trois : pourquoi Marie est-elle aussi inquiète? Quatre : que faire si jamais on le trouve? Cinq : question majeure, pourquoi sommes-nous ici, dans sa maison, chez lui, alors que nous devrions tous être chacun dans notre livre? Ça va, c'est le cinq le plus important.

L'horloge sonne la demie de sept heures.

Chapitre six

Dans son vaste grenier, Balthazar s'éveille. Il s'est endormi d'un coup en feuilletant des papiers oubliés.

— Quelle heure est-il? J'aurais dû laisser un mot à Marie, songe-t-il tout à coup. Mais est-ce qu'on avertit quelqu'un quand on veut lui faire une surprise ou lui offrir le plus grand cadeau du monde?

Il se lève, dans une forme terrible, prêt à affronter la nuit et le désordre du grenier, à fouiller tous les coffres, les tablettes innombrables, les chemises et les dossiers, pour retrouver *La Bergère de chevaux*. Il fera tout, il grimpera jusqu'au plafond, il marchera sur les mains s'il le faut.

— Les choses seraient tellement plus simples si j'avais envoyé à mesure toutes les lettres qui composent cette histoire. Je sais très bien pourquoi je n'ai pas envoyé la première lettre et...

— Pardon, monsieur, je...

Balthazar sursaute.

— Je suis navrée, monsieur, mais je voudrais savoir ce que je fais ici.

Balthazar a peur, même à son âge. La voix poursuit, de plus en plus timide :

— Dites-moi seulement où je suis. S'il vous plaît.

La voix hésite un moment; il croit la reconnaître.

— S'il vous plaît. Je vous en prie.

— Qui est là? demande alors Balthazar.

— Je ne vois pas pourquoi mon nom vous dirait quelque chose. Je crois que je suis perdue. Je n'ai jamais vu d'endroit comme celui-ci. Seriez-vous un géant? ajoute la voix, apeurée.

— Où êtes-vous? demande encore Balthazar.

Il ne comprend plus. Quelle est cette voix? «Je la connais, j'ai déjà entendu cette voix-là», se dit-il.

— Je suis ici, sur le cheval... Non, à gauche! Mais regardez, à gauche! Ici!

— Non!... Ce n'est pas possible! C'est toi, vous, bafouille Balthazar, ému.

— C'est moi. C'est nous, si on compte le cheval, bien sûr.

Elle a la voix douce et un curieux accent.

— Ma bergère... murmure Balthazar.

Balthazar la découvre, montée sur son cheval. Sur une boîte bleue, cachée derrière d'autres boîtes, sur un coffre, au cœur du désordre, elle est là, sa bergère de chevaux, celle de la photo, celle de l'histoire. Une petite fille brune avec des tresses un peu défaites sur le dos, des yeux couleur de noisette, les joues comme des pêches et des dents bien blanches, un peu écartées.

— Dites-moi, s'il vous plaît, ce que je fais ici.

Et après une pause, elle ajoute :

— Mon cheval aurait bien besoin d'eau.

— Le cheval a besoin d'eau, répète Balthazar, tout bête. De l'eau pour le cheval. Oui, oui. Tout de suite. Je vais chercher de l'eau pour le cheval.

Tranquillement assise sur son cheval noir, la petite fille regarde Balthazar traverser la pièce aussi étrangement que si on lui avait jeté un sort. Il marche d'un pas lourd, disparaît derrière un rideau de velours bleu. Lorsqu'elle entend le bruit de l'eau, elle descend de sa monture. Balthazar réapparaît, un petit bol d'eau entre les mains, un étrange sourire flottant et sur ses lèvres et dans ses yeux.

— Voilà, dit-il en déposant le bol devant le minuscule cheval, à peine plus grand que les soixante-douze chevaux du salon.

— Merci, dit la petite fille.

— Qu'est-ce qui se passe? Dis-moi ce qui se passe, murmure Balthazar dans un souffle.

▲   ▲   ▲

— Balthazar, où êtes-vous? demande Marie à son miroir. Allez-vous revenir ou devrai-je songer à vivre sans vous jusqu'à la fin de ma vie?

Vingt fois au moins, elle a téléphoné en vain chez Balthazar. Où est-il? Pas question d'appeler si tôt du secours. Et appeler qui? Demander à tous les services de police de rechercher un nommé Balthazar, disparu depuis la veille, le matin, au début de l'après-midi, peut-être? Elle ne sait pas s'il a dormi ou non chez lui et, après tout, cela ne la regarde strictement pas. Et s'il avait décidé de partir en vacances sans le dire à personne? Il en aurait tout à fait le droit. Qui est-elle pour lancer aux trousses de Balthazar des hommes armés dans des voitures à gyrophares? La voisine, elle est la vieille voisine, sans plus. «La voisine, la grande amie, appelez-ça comme vous voudrez, ça n'empêche pas quelqu'un de s'inquiéter, si vous me permettez?» dirait-elle si on lui posait la question.

S'il était vraiment arrivé quelque chose de grave, elle serait aussi malheureuse que si elle était depuis trente ans l'amour de Balthazar, la femme de Balthazar, le grand amour de Balthazar, l'inséparable, l'unique, la seule, la vraie. La Marie de Balthazar, celle qui pense à lui mille fois par jour. Rien de plus, ce serait tout. Personne ne pourrait comprendre, et elle n'en parlerait à personne.

Marie voudrait dormir des heures, des nuits, des jours s'il le faut, jusqu'à ce qu'il revienne. Elle sait bien qu'elle n'arrivera jamais à trouver le sommeil. Donc, elle prévoit tout, les heures d'insomnie qu'il faudra meubler avec un livre, avec un film, un thé, et un autre livre sans doute. Il faudra meubler la nuit.

«Il sera bientôt dix heures, se dit Marie dans le silence de sa petite maison. Il sera bientôt dix heures et je tourne en rond! La nuit sera terrible.» Elle défait les tresses qu'elle porte toujours en couronne autour de sa tête. Ses longs cheveux blancs en gardent les traces, comme un millier de vagues folles. «J'ai l'air d'une vieille petite fille», se dit-elle en passant devant le grand miroir de la salle à manger. Et pour la première fois depuis midi, Marie sourit. «Si les enfants me voyaient!» se dit-elle encore. Les enfants! Marie en a eu trois, deux filles et un fils, qui eux-mêmes ont des enfants et des petits-enfants.

— Vous êtes la plus belle arrière-grand-mère de la planète! s'exclame souvent Balthazar quand il retrouve, les soirs de fête, la famille de Marie.

C'est chez Marie que Balthazar respire les parfums de famille, les odeurs généreuses et les tables autour desquelles tout le monde rit. Elle le sait. Elle reconnaît les regards tendres de Balthazar quand il la regarde marcher de long en large dans le salon pour tenter d'endormir, en murmurant une berceuse, le dernier bébé de la vaste famille.

Marie songe un instant à téléphoner à ses filles ou à son fils, mais elle hésite. «Il est un peu tard. Et je leur dirais quoi? Que j'ai perdu Balthazar?» Elle hausse les épaules, traverse le petit salon et s'arrête devant la bibliothèque. Lire? Oui. «Une de ses histoires. Pour me rapprocher de lui un tout petit peu.» Tous les romans de Balthazar sont là, dans la bibliothèque de Marie, presque cent, depuis le temps qu'il écrit. Marie flatte du bout des doigts les couvertures des premiers romans, vieillies, jaunies par toutes ces années. Elle s'arrête sur *Les Crocs du croco Croque*.

À l'époque où elle l'avait acheté, Marie ne connaissait pas encore Balthazar. Mais elle avait lu l'histoire, l'avait beaucoup aimée et l'avait racontée des dizaines de fois à ses enfants. Elle leur disait parfois : «Je voudrais bien le rencontrer un jour, ce Balthazar. Il écrit des histoires que j'aime.» Elle l'avait connu presque vingt ans plus tard.

Chapitre sept

)

À plat ventre sur un tapis qui a perdu ses couleurs, le menton dans les mains, Balthazar écoute parler sa bergère. Elle a la voix douce, un peu rauque, et cet accent bizarre qui semble mordre dans les mots.

— Je ne comprends pas. Vous me dites que je vis dans une histoire, mais ce n'est pas vrai. Je ne vous crois pas.

— Si j'avais fini d'écrire ton histoire, tu vivrais même dans un livre..., dit Balthazar avec un sourire tendre.

— Les gens ne vivent pas dans des livres! Je n'ai jamais vu un livre avec quelqu'un dedans.

— Explique-moi, murmure Balthazar.

— Chez moi, il y a des livres de prières et un grand livre noir dans lequel mon père trace des lignes. Pour chaque cheval acheté, c'est une ligne penchée. Pour chaque cheval vendu, une ligne droite. Mais il n'y a personne dans ces livres-là.

— Attends, je vais te dire...

Balthazar ouvre la bouche. «Dire quoi?» se demande-t-il, inquiet. Tout se confond dans sa tête.

— Vous pouvez parler, je voudrais bien savoir, dit la petite fille.

— Écoute-moi, dit enfin Balthazar. Ce sera sans doute très long, parce que c'est compliqué. Un jour, j'ai vu dans un livre la photographie d'une petite fille, montée sur un cheval. Elle menait des moutons à travers un désert de pierres.

— Qu'est-ce que c'est une photographie?

— C'est le portrait de quelqu'un, dit Balthazar.

— Le dessin de quelqu'un qu'on reconnaît?

— Oui. Et cette petite fille m'a fait penser à quelqu'un que j'aime plus que tout.

— Alors?

— J'ai voulu écrire l'histoire d'une petite fille qui serait bergère de chevaux. Parce que les moutons, ce n'est pas très drôle, et que les bergères de moutons, ça n'est pas intéressant non plus. Et puis, les chevaux, c'est plus beau. Parce que c'est noble, un peu triste et très solitaire, un cheval. Tu vois, un cheval, ça ne se plaint jamais, c'est plein de courage. Un cheval, c'est droit.

— Je le sais bien, dit la petite fille en passant ses doigts dans la crinière de son cheval noir. Je le sais très bien.

— Alors, pour cette dame que j'aime plus que tout, j'ai commencé à écrire l'histoire d'une bergère de chevaux...

— C'est moi?

Balthazar hésite. Il regarde et le cheval et la petite fille. Elle sourit.

— C'est peut-être toi, oui. Mais ce qui est très curieux, c'est que cette histoire-là, je ne l'ai jamais terminée. Je l'ai écrite lentement, pour Marie. Je lui racontais une histoire en écrivant des lettres.

— Elle s'appelle Marie, la dame que vous aimez?

— Oui.

«Oh, Marie! se dit Balthazar. Si vous saviez où j'en suis! Dans mon grenier depuis des heures avec une bergère de chevaux qui vous ressemble quand vous étiez petite!»

— Et vous lui écrivez des lettres qui font une histoire et l'histoire, c'est la mienne?

— Sauf que je n'ai jamais terminé l'histoire et que je suis ici à chercher des lettres que je n'ai jamais envoyées. Je ne les trouve pas!

— Qu'est-ce qui va se passer?

— Je l'ignore, dit Balthazar.

— Les lettres, vous ne savez vraiment pas où elles sont cachées?

— Non. Je cherche, je cherche. Je pense que la maison est trop grande. Je ne me rappelle plus. Je voudrais raconter l'histoire jusqu'à la fin, je voudrais tout écrire et pouvoir dire à Marie : «Voilà, c'est pour vous. J'ai passé des années à vous l'écrire.» Je voudrais la lui offrir, comme un cadeau.

La petite fille monte sur le dos du cheval. Elle éclate de rire et lance à Balthazar, d'un trait :

— Et si je vous la racontais, l'histoire? Et si je vous racontais la mienne, la vraie, celle que je connais? C'est peut-être la même?

Elle part au galop, décrivant de grands cercles fous autour de Balthazar.

— Ne bougez pas! Restez là, bien couché sur votre tapis. Je vais tout vous raconter.

Pendant qu'elle s'installe, toute petite sur le grand tapis fané, Balthazar se dit, l'œil heureux, que tout cela n'a tout de même aucun sens. Mais, au fond de son cœur, il veut croire très fort à l'existence de sa bergère. «Il me faut sans doute une immense part de rêve», se dit-il en couvrant sa bergère d'un long regard très doux.

Chapitre huit

— Le jour où je suis née, il tombait des étoiles. Vous connaissez ces nuits où le ciel devient un peu fou? Mon père m'a raconté qu'ils n'arrivaient pas à dormir, cette nuit-là, ni lui, ni ma mère, ni les chevaux. Nous étions tout près de la rivière de Kashgar et la nuit était très douce. Vous la connaissez, ma rivière?

— Pas vraiment. Je sais où elle coule, mais je ne l'ai jamais vue, répond doucement Balthazar à sa bergère. C'est à l'autre bout du monde.

— Alors, je suis née une nuit où tombaient les étoiles. Et mon père a dit : «Que le ciel te mène où tu voudras.» Il n'avait pas le choix, à cause des étoiles. Si on naît à côté des chevaux, vous savez, on n'a pas le choix non plus. Il faut s'en occuper, ils font partie de notre vie. Toute la vie dépend des chevaux. Mais moi, comme il y avait les étoiles qui tombaient, j'avais le choix. Vous savez, chez moi, c'est une faveur de naître une nuit comme celle-là. Ma mère disait en riant : «Même les princesses n'ont pas souvent cette chance.»

— Ta mère disait? demande Balthazar.

— Ma mère disait, oui, avant. Je ne l'ai pas vue depuis très longtemps. Trop longtemps. Des semaines, peut-être...

— Quel âge as-tu? s'inquiète Balthazar.

— Douze ans.

— Et tu n'as pas vu ta mère depuis des semaines?

— Je pense que c'est ça, oui, des semaines.

— Mais ce n'est pas possible, s'écrie Balthazar. Tu ne peux pas vivre toute seule sans ton père, sans ta mère...

— Je suis partie un jour avec mes chevaux et je n'ai jamais pu revenir.

Ça, monsieur, je ne le comprends pas très bien.

Un lourd silence s'installe entre la petite fille et Balthazar. Le cheval fixe le tapis. «Elle n'a pas pu revenir? se dit Balthazar. Comme si son histoire s'était arrêtée? Est-ce qu'elle a cessé de vieillir parce que je n'ai jamais terminé son histoire? Est-ce que je l'ai empêchée de retourner chez elle? Non! Mais ce n'est pas possible non plus qu'elle soit là, toute petite sur un minuscule cheval, devant moi, chez moi, alors qu'elle habite de l'autre côté de la planète, quelque part dans le Turkestan oriental!»

Balthazar ferme les yeux. Il ne comprend plus. Est-ce qu'il pourrait vraiment avoir donné vie à ses personnages? Est-ce que tous les contes qu'il a écrits seraient devenus réels?

«J'ai inventé des centaines de personnages, se dit Balthazar, affolé. Est-ce qu'ils sont tous prisonniers quelque part?»

— Je continue? demande la petite fille.

— Oui. Dis-moi, avant de continuer, comment t'appelles-tu?

— Lila.

«Je n'ai jamais donné de nom à ma bergère de chevaux!» s'étonne silencieusement Balthazar.

— Lila, c'est un nom que j'aime, dit Balthazar.

— Alors, un jour, je suis partie de chez moi. Avant, j'allais toujours avec mon père. Nous traversions le désert...

«*Nous traversions le désert*», se rappelle Balthazar. Oui, c'est exactement ce qu'il avait écrit. «*Nous traversions le désert, nous menions les chevaux au pied des montagnes, là où se tenait le marché. Nous allions vendre les chevaux...*»

— Nous allions vendre les chevaux, poursuit Lila comme si elle lisait dans la pensée de Balthazar. Et un jour, j'ai décidé que jamais plus je n'irais les vendre. Parce que ce jour-là, mon père a vendu la mère de mon cheval. De mon cheval à moi. Elle était trop vieille, disait-il. Vous vous rendez compte?

— Oui.

— Ce jour-là, je n'ai plus voulu qu'on vende les chevaux.

— C'est alors que tu es partie.

— Pas ce jour-là! Il fallait revenir, ramener les chevaux que nous n'avions pas vendus, rapporter à ma mère de la laine de chameau. Non, je suis rentrée au camp et j'ai réfléchi.

«Ce sont bien les mots que j'ai écrits», se dit Balthazar, de plus en plus troublé.

— Un matin, beaucoup plus tard, j'ai décidé que les chevaux resteraient libres. Et le jour où mon père a décidé d'aller une fois de plus vendre ses bêtes, j'ai dit que j'irais, moi, toute seule.

— Toute seule.

— À douze ans, on peut bien partir, quand on connaît le chemin, quand on sait ce qu'on a à faire, non?

— Quand on connaît le chemin, quand on sait ce qu'on a à faire...

— Ma mère venait d'accoucher encore une fois, mon père ne voulait pas la laisser. Alors je lui ai dit que je connaissais le chemin et que j'irais vendre les chevaux.

— Sauf que tu as pris tous les chevaux à vendre et que tu ne les as jamais vendus...

— Vous le saviez?

— Oui. Tu as laissé les étalons, les petits, les juments pleines et tu t'es sauvée avec tous les autres.

— Mais ils allaient être vendus! Vous ne comprenez pas? Depuis que je suis toute petite, je vis avec les chevaux, je cours avec eux, je les nourris, je les écoute, je les observe. Et vous pensez que je peux les voir disparaître deux fois par année parce qu'il faut les vendre?

— Et alors? demande Balthazar. «Elle va me répondre qu'elle voulait leur montrer la mer...»

— J'ai voulu leur montrer la mer.

— Tu as voulu voir la mer, toi aussi.

— Évidemment, je voulais voir la mer! Depuis le temps que j'écoutais parler ceux qui venaient de l'autre côté des montagnes!

— Et qu'est-ce qu'ils te racontaient, ces gens-là?

— Ils disaient qu'ils partaient sur l'eau, dans des bateaux, et qu'ils découvraient des îles. Ils parlaient de poissons. Je n'avais jamais vu de poissons et je voulais en voir.

Ils parlaient de tritons, aussi.

— Mais, surtout, tu voulais voir la mer?

— Je voulais voir la mer, parce qu'on dit qu'elle ne finit jamais. J'aime les choses qui n'ont pas de fin. Je ne sais pas pourquoi il faudrait que les choses finissent.

— Moi non plus, murmure Balthazar.

— Alors, j'ai traversé les montagnes. J'ai franchi les cols, dans la neige. Il y avait des moments terribles où les chevaux ne voulaient plus avancer. Ils attendaient que moi, j'aie décidé de passer. Alors, ils se sont dit: «On ne peut pas la laisser faire toute seule.» Ils devaient penser que je connaissais le chemin. Ils me faisaient confiance, voyez-vous?

— Et tu as trouvé la mer.

— Bien sûr que j'ai trouvé la mer!

— Tu as trouvé la mer, dit lentement Balthazar, le menton toujours dans ses mains, avec un sourire fier.

— Pourquoi est-ce que vous me regardez comme ça? demande Lila, les yeux pleins d'étoiles.

— Parce que je suis heureux que tu aies trouvé la mer, répond Balthazar avec le même regard.

Chapitre neuf

Dans la neige, sous la lune très claire, les rues sont des déserts. Il n'y a plus de repères, tout est blanc, tout est fait de larges courbes. Le devant des maisons ressemble à des fesses de lion, à des flancs de baleines endormies, à des dos de tigresses allongées, à de grands poissons échoués.

— Tu es là?

C'est la voix de Y.

— Je suis là, dit X. Prends ma main, sinon nous n'y arriverons jamais. Nous allons nous perdre bêtement. Tu as froid?

— Non, répond Y. C'est encore loin?

— On arrive. Je te jure, en partant, elle a dit : «Quelle idée aussi d'habiter la dernière maison du village! J'aurais toujours dû habiter ici, chez Balthazar.» Personne n'a entendu, sauf moi. Il faut qu'on lui parle! Il faut lui dire que Balthazar est dans la maison! Antoine l'a dit! Les bottes de Balthazar sont là! Tu ne comprends vraiment rien, de rien, de rien!

— Je ne comprends jamais rien, dit Y. Tu l'as toujours dit. Je n'ai pas froid, je marche, ça ne te suffit pas?

— Ce n'est pas compliqué, ajoute X, songeur. Il faut parler à Marie.

— Pourquoi tu n'as pas voulu dire aux autres qu'on venait ici? insiste Y.

— Parce que je ne fais confiance à personne...

— Sauf à moi? demande Y.

▲ ▲ ▲

Marie boit sa sixième tasse de thé, enveloppée dans un grand châle blanc; calée dans son fauteuil, elle lit depuis un petit moment *Les Crocs du croco Croque*, qu'elle n'a pas ouvert depuis des années.

«Comme c'est curieux, se dit-elle. Il me semblait que le crocodile était là au tout début de l'histoire... Il y a sans doute trop longtemps que je l'ai lue. » Elle poursuit sa lecture, les sourcils froncés, comme si l'histoire était très difficile à comprendre.

— Étrange, poursuit-elle à voix haute. Ça ne peut pourtant pas être si compliqué!

Mais plus elle avance dans l'histoire, plus cela lui semble incompréhensible.

— Ce doit être la fatigue, ou l'énervement. Je continuerai plus tard. Si au moins j'arrivais à dormir, ne serait-ce qu'une petite heure...

▲ ▲ ▲

Le crocodile rampe lentement jusqu'au grand escalier qui mène à l'étage. Il examine les premières marches, en tâte une du croc. Le bois est très dur. Il essaie de s'agripper avec ses griffes, mais n'y arrive que très difficilement.

« Les jumeaux, eux, marchent sur deux jambes, ils arriveront à monter. Le dragon Zag peut se tenir debout, ça peut toujours aller. Mais Béatrice, le serpent, le taupe (oh! pardon, Antoine!) et moi, comment allons-nous y arriver? Il faudrait que les bipèdes nous hissent. Mais seront-ils assez forts? À moins qu'on ne puisse fabriquer un système de cordages...»

▲　▲　▲

La souris Béatrice explore lentement la salle à manger.

Elle s'arrête devant un rideau de velours derrière lequel elle se faufile.

— Oh! fait Béatrice en découvrant une porte.

Vive, elle grimpe au rideau, s'arrête à la hauteur de la poignée de la porte et, rassemblant toutes ses forces, tente de la faire bouger. Lentement, la porte s'ouvre. Béatrice redescend, l'ouvre largement pour qu'y pénètre un peu de lumière.

Mais les rayons de lune n'arrivent pas à éclairer l'immense placard rempli de boîtes et de caisses qui montent jusqu'au plafond. Sur chaque boîte, une étiquette.

— Quel ordre il a, cet homme! s'exclame Béatrice.

Béatrice essaie de lire. Difficile...
on y voit à peine! *Cartes d'Australie.*
Documentation Tanzanie. *Lettres de*
François. Et, à côté, *Lettres d'Emma-*
nuel. Il y a des boîtes de partout,
d'Allemagne, de France, d'Italie, de
Chine. Il y a trois boîtes, non quatre,
marquées *Turkestan oriental.*

— Ce doit être un pays, songe
Béatrice. Nous pouvons conclure,
ajoute-t-elle, que ceci est un placard
où monsieur Balthazar range systé-
matiquement les lettres qu'il a reçues,
les cartes géographiques et de la
documentation sur divers pays. Il faudra revenir ici de jour.

Chapitre dix

Depuis un moment, Lila a cessé de parler. Balthazar la regarde, les yeux pleins d'un curieux mélange de tendresse, d'admiration et de fierté. Dans ceux de Lila flotte une crainte sourde. Tout à coup, le cheval se met à gratter le tapis du sabot.

— Calme, Mâ.

— C'est son nom? demande Balthazar.

— C'est un peu son nom. En fait, il n'a jamais eu de nom. Je l'appelle Cheval. Et Mâ, c'est cheval, en chinois.

— Dis-moi, Lila, quand tu as vu la mer...

Lila sourit, comme si elle se rappelait la plus belle chose du monde.

— Oh! quand j'ai vu la mer, j'ai souri avec des larmes dans les yeux.

Je suis entrée dans la mer, avec les chevaux, lentement. Je ne savais pas que les chevaux aimaient l'eau. En tout cas, les miens. Ils avaient peur, surtout mon petit. Moi aussi, j'avais peur. Je ne croyais pas que les vagues pouvaient être aussi fortes. Vous avez déjà vu la mer?

— J'ai vu toutes les mers.

— Il y en a plusieurs? demande Lila, inquiète.

— Il y en a de toutes les sortes. Est-ce que je peux te poser une question, petite fille?

— Oui...

— Pourquoi est-ce que tout à coup tes yeux ont l'air d'avoir peur?

— Parce que... j'ai peur. Je ne sais même pas votre nom...

— Je m'appelle Balthazar.

— Monsieur Balthazar, j'ai un peu peur parce qu'on dirait que vous connaissez ma vie. Je ne vous ai jamais vu. Vous êtes une espèce de géant dans une maison géante. Vous m'avez à peine parlé de vous, et moi je vous ai raconté une partie de ma vie. Je ne comprends pas.

— Ne t'inquiète pas. Je ne sais pas moi non plus, murmure Balthazar. Ton histoire ressemble trop à celle que j'ai écrite. Et ce que je comprends mal, c'est que tu existes, que tu me parles, que tu sois là devant moi.

— Je voudrais être chez moi...

— Une autre chose étrange, c'est que, dans mon histoire, tu n'avais pas de nom. Mais tu en as bien un!

— C'était à mes parents de me donner un nom, pas à vous!

— Mais si c'est moi qui t'ai inventée?

— Ce sont mes parents qui m'ont faite! réplique brusquement Lila.

— Et si j'avais inventé tes parents aussi?

— Je crois que vous devriez dormir, monsieur Balthazar, dit Lila, craintive. Ou réfléchir? Plus nous parlons, moins nous comprenons.

— Je pense le contraire. En parlant doucement, lentement, nous allons finir par comprendre quelque chose. Raconte-moi encore. Parle-moi des gens que tu as rencontrés pendant ton voyage vers la mer.

— Je n'ai pas rencontré tant de gens, murmure Lila en rougissant d'un coup.

— Mais quand même...

— Il y avait des moines dans la montagne. Ils m'ont donné un énorme sac plein de choses à manger. Ils ont nourri les chevaux. Dans les villages, les gens s'occupaient de moi. Je n'ai pas souffert de la faim. Les chevaux non plus.

— Qu'est-ce qui te fait rougir ainsi? demande Balthazar avec un sourire de grand-père.

— Une pensée...

— Une pensée?

— J'ai pensé à quelqu'un, dit Lila d'une voix sourde. De toute façon, vous devriez le savoir, si vous avez tout inventé.

— Non, répond Balthazar.

— Je ne vous le dirai pas. Cette histoire-là, c'est à moi, à moi toute seule.

Les yeux de Lila s'emplissent tout à coup de larmes.

— Lila...

— Je ne comprends plus rien, et

je suis fatiguée, dit-elle en refoulant ses larmes.

— Dors, lui dit très doucement Balthazar. Repose-toi et nous parlerons plus tard. Je te laisse avec ton cheval. Je vais continuer à chercher. Sois patiente, nous allons finir par y voir clair.

▲   ▲   ▲

— Nous y sommes! crie le jumeau Y. Enfin! Auras-tu le courage de monter les deux marches?

— Je n'en peux plus! dit X d'une voix éteinte.

Les jumeaux escaladent difficilement les marches, mais ce qui les attend est bien pire.

— Il faut entrer, dit X. Comment?

— C'est facile! Regarde, il y a une ouverture dans la porte. On grimpe et on passe par là!

X n'a plus assez de courage. Y le pousse, le tire par un bras jusqu'à ce qu'ils parviennent tous les deux à se glisser dans la fente où ne passent habituellement que des lettres.

Brusquement, X perd pied. Y tente de le rattraper et ils tombent tous les deux à l'intérieur.

— Ma jambe! dit X en gémissant.

— Mon bras! dit Y en serrant les dents sous le coup de la douleur. Fais comme moi et crie très fort pendant que tu en es encore capable : Au secours!

— Au secours! crie X.

— Au-se-cours! hurlent les jumeaux.

Mais leurs voix, bien faibles, n'arrivent pas aux oreilles de Marie.

Chapitre onze

Douze coups sonnent dans la vaste maison de monsieur Balthazar. Béatrice est assise au salon. L'un après l'autre arrivent le dragon Zag, le serpent Bé, Antoine la taupe qui s'installe aussitôt à côté de la souris. Après tout le monde, entre à pas lents le crocodile.

— Les jumeaux ne sont pas encore là? demande-t-il d'une voix très rauque.

— Non..., répond Antoine, inquiet. Personne ne les a vus?

— Il semble bien que non, décrète rapidement Croque. Alors, qu'avez-vous découvert? Antoine, mon cher?

— Tenez-vous bien! J'ai examiné le ventre de soixante-douze chevaux sur la table du salon et, à la lumière de la lune, j'ai réussi à lire ce qui y est inscrit. Sous chacun des chevaux, on peut lire : Marie, plus une date, différente chaque fois, évidemment. Le plus vieux cheval remonte à une trentaine d'années. Le plus jeune à l'année dernière. Il n'y a pas eu de nouveau cheval dans la collection depuis le 10 mai de l'an dernier.

— C'est donc Marie qui lui offrait ces chevaux, conclut le dragon Zag.

— Ce serait bien logique, approuve le serpent Bé.

Béatrice enchaîne pour expliquer ce qu'elle a découvert dans le placard de la salle à manger.

— Cela ne nous avance à rien pour le moment, mais il faudra fouiller l'endroit à fond et lire les étiquettes de toutes les boîtes, dit-elle. Ce sera difficile. Nous aurons besoin d'instruments d'escalade.

— Moi, déclare ensuite le serpent Bé, je suis sûr d'avoir fait une découverte majeure. Pendant qu'Antoine examinait le ventre des chevaux, j'ai lu le contenu d'un énorme dossier bleu que j'ai trouvé sur une table du salon. Ce sont des lettres écrites par

Marie à Balthazar, des photos de Marie, des cartes postales envoyées par Marie, des articles de journaux sur Marie.

— Pourquoi a-t-on écrit des articles de journaux sur elle? s'étonne le grand Croque.

— Figurez-vous que Marie a été, il y a longtemps, championne de saut à cheval!

— Non! s'exclame Antoine.

— Je vous le jure! D'après les lettres que j'ai lues, elle a connu Balthazar il y a un petit peu plus de trente ans. Elle avait alors cessé la compétition. Elle était juge de concours hippiques.

— Hippique? Qu'est-ce que c'est? fait Béatrice.

— De concours de saut à cheval, précise le serpent Bé. Elle voyageait donc à travers le monde, et de concours en concours, elle écrivait chaque fois à Balthazar.

— Elle lui rapportait sans doute, chaque fois aussi, un petit cheval... murmure Antoine.

— Et ces lettres, toutes les lettres, poursuit le serpent d'une voix solennelle et en pesant ses mots, ressemblent bel et bien à des lettres d'amour...

Un profond silence envahit le salon.

— Marie aime Balthazar! murmure le crocodile. Et lui, est-ce qu'il l'aime?

— Sûrement, sinon il n'aurait pas gardé les lettres, fait Béatrice.

— Ce n'est pas une preuve, dit Zag. Mais c'est une grande découverte, mon cher Bé. Voilà pourquoi elle s'inquiète tant de Balthazar.

— La preuve qu'elle l'aime encore, soupire Béatrice.

— Que font donc les jumeaux? demande tout à coup le grand Croque.

L'atmosphère change du tout au tout. Après les flottements d'histoire d'amour s'installe un énervement général. Le grand crocodile tente de calmer son monde.

— Il est minuit quarante. Ils auraient eu le temps d'arriver. Ou ils sont coincés quelque part, dans un placard, dans une armoire, ou bien ils se sont perdus. Ils sont peut-être en haut? Ils ont des jambes et des bras.

Ils ont peut-être déjà réussi à monter l'escalier? Nous allons tenter l'escalade. L'ascension sera longue, préparez-vous. Zag, vous êtes le plus grand et vous arrivez à vous tenir debout. Vous passerez le premier et nous vous suivrons d'une façon ou d'une autre.

Ils marchent bravement vers le grand escalier. Le dragon Zag ouvre la marche, suivi du crocodile, de Béatrice, d'Antoine et de Bé. Dans la tête de chacun passe une pensée tendre pour Marie, l'amoureuse à cheval.

Chapitre douze

Marie s'éveille vers deux heures du matin. Elle tient encore entre ses mains *Les Crocs du croco Croque.* Parfaitement immobile dans son châle blanc, elle voit par la fenêtre la maison de Balthazar et détourne les yeux. «La tristesse silencieuse, songe-t-elle. La solitude silencieuse. Balthazar, vous êtes aussi seul que moi, mais où? Sommes-nous perdus dans un vaste silence?» Marie voudrait pleurer, mais les larmes sont trop loin, coincées quelque part au creux de son cœur. Elle se lève lentement, s'approche de la fenêtre. Puis elle revient vers sa table de travail, sort des feuilles blanches d'un tiroir, décapuchonne sa plume et s'assied.

Mon Balthazar,

*Je n'en peux plus. Je pourrais atten-
dre jusqu'à demain, je pourrais être
sage, je pourrais ne rien dire, ne rien
écrire. Je pourrais écrire une lettre que
je n'enverrais jamais. Je l'ai fait mille
fois. Je pourrais dormir, mais c'est
impossible. Cette nuit, mon cœur bafouille. Vous me manquez comme
jamais. Quand vous partez en voyage
pour des semaines ou pour des mois,
je pense à vous sans jamais craindre
quoi que ce soit. Cette nuit, pour moi,
vous êtes disparu. Cela n'a rien à voir
avec une absence de voyage. Auriez-
vous décidé de sortir de ma vie sans
me le dire? Je flanche.*

*Tout pourrait arriver. Vous pour-
riez être mort. Vous pourriez vous
être égaré dans la forêt derrière vos
champs. Vous pourriez souffrir quelque part sans que personne le sache.
Vous pourriez être parti parce que
vous étiez trop triste.*

*Vous allez rire de moi (vous avez
eu depuis trente ans tellement de
raisons de le faire), mais j'ai pensé*

tout à l'heure, en m'endormant, que vous auriez pu partir rejoindre une de ces femmes magnifiques que vous rencontrez au cours de vos voyages, vous marier en cachette, en finir avec la vie tranquille d'un village d'hiver et décider de vivre pour toujours au beau milieu d'un océan sur une île de bonheur. J'ai été jalouse pour la première fois de ma vie, Balthazar. Je ne savais pas ce que c'était. Je ne croyais pas que ce pouvait être aussi terrible.

Je vais vous dire, Balthazar, et je vais vous le dire une fois pour toutes : je vous aime. Et lorsque cette folle idée de mariage m'a effleuré le cœur, je me suis sentie furieuse comme un volcan, morte comme un glacier, triste comme un lac quand il pleut, terriblement amoureuse de vous, et seule. Je vous l'ai dit de toutes sortes de façons. Mais cette nuit, je vous le dis bêtement : Balthazar, je vous aime, je vous aime comme on aime rarement quelqu'un. Et s'il est trop tard, il sera trop tard, que voulez-vous ?

Marie, la nuit.

Elle plie soigneusement les deux feuillets, les glisse dans une enveloppe blanche. Elle ira porter la lettre, même s'il est deux heures du matin. Marie s'habille lentement, refait ses tresses et les enroule autour de sa tête. Tous ses gestes semblent plus lents qu'à l'habitude. Marie ne pense plus, elle a le cœur en paix. Elle a écrit ce qu'elle avait à écrire et elle ira porter la lettre, tranquillement, sur le lit de Balthazar, même s'il ne devait jamais revenir la lire.

Elle descend l'escalier, s'emmitoufle dans ses fourrures, enfile ses gants et glisse la lettre dans la poche de son manteau. Au moment où elle va ouvrir la porte de l'entrée, elle entend des voix. Une hallucination? Lorsqu'elle découvre, étendus sur les tuiles glacées, les corps minuscules de X et de Y, Marie croit que son cerveau chavire.

— Au secours! murmure très faiblement X en ouvrant les yeux.

Marie se penche, extrêmement troublée, sur les deux petits corps recroquevillés.

— Nous sommes blessés! gémit Y.

— Qui êtes-vous? articule difficilement Marie.

— Les jumeaux. Nous venons de chez Balthazar. Je crois que je me suis cassé la jambe...

— Et moi, le bras! ajoute Y.

Sans un mot, Marie palpe délicatement le bras et la jambe.

— Vous n'avez rien de cassé, fait-elle au bout d'un long moment. Venez.

Elle les soulève tous les deux entre ses mains, les porte dans la cuisine et les couche sur la table.

«Je deviens folle, peut-être?»

— Racontez-moi, dit-elle en défaisant les vêtements des jumeaux pour mieux juger des blessures.

— Nous sommes arrivés dans la maison de Balthazar avec un dragon, un serpent, une taupe, une souris et un crocodile.

— Comment êtes-vous arrivés là? demande doucement Marie. «Je rêve, se dit-elle, ce n'est pas possible. Je parle à des jumeaux miniatures, je les soigne et ils me parlent et je les regarde et je les entends et...»

— Nous l'ignorons totalement. Tout ce que nous savons, c'est qu'avant, nous vivions tranquillement dans un livre et que...

— Les jumeaux! crie tout à coup Marie. Vous êtes les jumeaux de Balthazar! Ceux qui passent leur vie à faire des mauvais coups! *Les Vilains Garçons*! C'est vous?

— Oui.

— Et... et le crocodile qui est avec vous, ce ne serait pas le grand Croque? ajoute aussitôt Marie.

— Vous le connaissez? dit X, avec un faible sourire.

— Je connais tous les personnages de Balthazar! Alors, votre souris, c'est Béatrice, votre serpent, c'est le grand boa...

— Il s'appelle Bé, dit Y.

— Il n'a pas de nom, réplique Marie.

— Mais nous l'avons appelé Bé. Et nous, nous avons été baptisés X et Y. Y, c'est moi...

— Et X, c'est moi, ajoute X en serrant les dents car madame Marie lui tord le bras un peu trop fort.

— La taupe, c'est Antoine, poursuit Marie, et le dragon, c'est Zag.

Elle masse la jambe de l'un et l'épaule de l'autre, s'assure qu'il n'y a bel et bien pas de fracture. Les jumeaux sont étonnés de sentir autant de force dans ces vieilles petites mains qui leur triturent le corps. Marie sait exactement où il faut toucher.

— Vous êtes médecin? hasarde **Y**.

— Non, mais j'ai soigné des chevaux. Et je suis très souvent tombée de cheval.

— Vous? s'exclame X.

— Oui, moi. Relevez-vous. Tout va bien. Dans trois jours, vous ne sentirez presque plus rien.

Marie parle d'une voix étonnamment calme. Pourtant, son cœur vacille. «Je vois bien que je ne rêve pas, se dit-elle. Mais tout ceci n'a aucun sens. Je dois vite aller voir ce qui se passe.»

— Je vous emmène chez Balthazar! lance Marie d'une voix décidée.

Il n'y a plus de temps à perdre. Balthazar disparu, les jumeaux chez elle, les autres dans la maison de Balthazar, et le grand crocodile qui n'est plus dans son livre!

— Attendez! Ne bougez pas! ordonne Marie, fébrile. Je reviens tout de suite.

Elle galope à l'étage, se rue vers la bibliothèque et sort *Les Vilains Garçons*. Elle ouvre le livre en plein milieu, tourne rapidement les pages. Elle fait de même avec *Un jour, Béatrice*, *Il était une fois un serpent* et *Mon cher Antoine*. Personne! Dans chacun des livres, les héros sont absents.

Elle redescend aussi vite qu'elle est montée.

— Vous avez raison, vous n'êtes plus dans votre livre. Ni les autres, je viens de vérifier. Vite, chez Balthazar.

— Pas à pied! supplient X et Y d'une même voix.

— Non, dans un sac! dit Marie en saisissant un grand sac de toile accroché à côté de la porte. Et avec des fourrures en plus! ajoute-t-elle.

Marie pose au fond du sac une étole de renard roux et installe les deux jumeaux bien confortablement.

— Vite, maintenant, il n'y a pas une minute à perdre!

Ils sortent tous les trois dans la nuit blanche. Pas un souffle de vent, pas un son, pas une voix. Si les voisins ne dormaient pas, ils s'inquiéteraient de voir Marie courir en pleine nuit dans la neige vers la maison de Balthazar, en parlant nerveusement à un sac.

Chapitre treize

Sur le palier du premier étage, on se repose. Le dragon Zag est épuisé. Il leur aura fallu plus d'une heure pour monter jusqu'en haut. Zag, s'agrippant à chaque marche avec ses pattes de devant, donnait une gigantesque poussée avec ses pattes de derrière et montait d'un cran. Ensuite, il faisait passer les autres : ils s'accrochaient à sa queue et il les balançait sur la marche suivante. Une marche, quatre coups de queue. Quinze marches, soixante coups de queue. Le dragon Zag n'en peut tout simplement plus.

— Il y a une chose à laquelle nous n'avons pas pensé, dit-il, encore essoufflé.

— Quoi donc? demande Antoine, inquiet.

— Comment allons-nous redescendre?

— Nous trouverons la solution quand nous en aurons besoin, répond le crocodile.

— Le drame, ajoute Zag, c'est l'autre.

Personne n'ose faire de commentaires. Ils savent tous de quoi il s'agit : l'autre, c'est l'autre escalier qu'ils ont découvert en arrivant à l'étage. Un deuxième escalier monte dans l'obscurité la plus totale.

— Je n'aurai jamais le courage! soupire Zag.

— Silence, ordonne le crocodile. Nous devons retrouver Balthazar. Et les jumeaux, s'ils sont ici!

▲ ▲ ▲

— Tu as bien dormi? demande Balthazar à Lila.

— Oui, et j'ai rêvé, fait-elle avec un sourire endormi.

— À qui?

Lila rougit comme la première fois.

— À quelqu'un que j'aime, si vous voulez tout savoir. Et vous, vous avez trouvé quelque chose?

— Non. Rien du tout. Si nous avions les lettres, nous pourrions vérifier si ce que j'ai écrit raconte exactement ta vie.

— Je vais vous dire un nom, monsieur, fait tout à coup Lila, et nous verrons si cela vous rappelle quelque chose. D'accord?

— D'accord, répond Balthazar.

— Sinan Nani.

— Répète?

— Sinan Nani, dit encore Lila, très sérieuse, comme si elle faisait passer un examen à Balthazar.

— Rien. Ce nom ne me dit rien du tout, fait-il en hochant la tête.

Les yeux de Lila s'illuminent. Quand elle est sur le point de sourire, elle a une façon de plisser les yeux qui charme le cœur de tous ceux qui la regardent.

— Alors, c'est vrai. Ma vie, c'est ma vie, parce que vous ne connaissez pas Sinan Nani. Tu vois, Mâ? dit-elle au petit cheval noir, il n'a pas inventé Sinan Nani puisqu'il ne le connaît pas. Il ne connaît pas Sinan Nani, ajoute-t-elle avec un sourire tendre.

Balthazar encaisse le coup sans broncher, mais il sent bien que quelque chose d'étrange lui échappe.

— Qui est donc Sinan Nani? demande-t-il.

— Je vais vous raconter, dit Lila, les joues encore toutes rouges et les yeux très brillants. Quand j'ai passé les montagnes, j'ai vu la mer de très haut et de très loin. Pendant tout le temps de la descente, je pouvais presque toujours voir la mer. Elle m'attendait, elle attendait les chevaux. Mais elle était à des jours de voyage! Nous avions fait à peu près la moitié du chemin quand Mâ s'est blessé. Pas gravement, mais assez pour que je cesse de le monter. Il ne pouvait plus suivre les autres, et pas question de galop même si nous arrivions à la plaine. Un soir, je soignais sa blessure. J'avais fait le feu, les chevaux avaient bien mangé et moi aussi. Tout allait bien, la patte de Mâ guérissait. Alors, je me couche, je m'enroule dans ma couverture en regardant le feu...

— Tu aimes regarder le feu?
demande doucement Balthazar.

— Oui, on dirait qu'il me raconte des histoires, dit simplement Lila.

«Oh! petite fille, se dit Balthazar, submergé de tendresse. Tu me ressembles.»

— Alors, j'entends des pas. De très loin. Vous avez déjà écouté la terre? On entend venir les gens de très loin quand on a l'oreille sur le sol. C'était un galop. Qui venait? Il faisait trop noir, et la lumière du feu m'empêchait de voir dans la nuit. Je me suis levée et j'ai essayé de voir. Les chevaux s'énervaient, et moi, j'avais très peur. J'ai enfin vu venir un cheval. Sur le cheval, il y avait Sinan Nani. Il est descendu, il est venu vers nous en marchant lentement à côté de son cheval. Un cheval exactement comme Mâ, mais en plus grand. À mesure qu'il approchait, j'avais de plus en plus peur. J'ai pensé que c'était un voleur de chevaux et je ne savais pas comment me défendre. Vous savez, il y a beaucoup de voleurs de chevaux dans les montagnes.

Il est apparu dans la lumière du feu avec un sourire.

Lila se tait un moment, puis reprend, le regard brillant :

— Il a tout de suite regardé les chevaux, même dans la nuit il a remarqué la blessure de Mâ et il a dit que c'était bien, que mon cheval allait guérir. Et il a demandé ce que je faisais là, toute seule dans la plaine avec douze chevaux. Je lui ai dit que je voulais les mener à la mer. Il a dit : «C'est là que je vais.» Il était fatigué, c'était évident. Alors, il a présenté son cheval aux miens en riant, il m'a dit son nom, il a déroulé sa couverture et il s'est étendu de l'autre côté du feu. Le lendemain, nous sommes partis ensemble.

— Il a fallu combien de jours pour aller à la mer? demande Balthazar d'une voix sourde.

— Cinq, répond Lila, le sourire clair. À cause de la patte de Mâ. Sinan Nani la vérifiait toujours. Cinq jours, oui.

— C'est de lui que tu as rêvé?

— Vous devinez tout.

— Et tu l'aimes, dit Balthazar.

Lila ne répond pas, mais on dirait que dans ses yeux danse une infinie famille de petits chevaux heureux.

«Elle l'aime», se dit Balthazar.

— Et tu es ici, toute seule, loin de lui.

— Je ne comprends toujours pas pourquoi, dit Lila. Je m'inquiète. Où est-il? Avec mes chevaux? Et s'il n'est pas avec eux, qui s'occupe de mes chevaux?

— Lila, c'est loin, chez toi. C'est très loin.

— Est-ce qu'on peut faire venir Sinan Nani? demande-t-elle. Et mes chevaux?

— Ce serait bien difficile...

Le cheval Mâ se promène, tranquille, dans le grenier de monsieur Balthazar. Lila n'a plus envie de parler. Elle place ici et là sur le plancher des livres, toutes sortes d'objets. Une course à obstacles pour son petit cheval. Pendant qu'il s'amuse, elle pourra réfléchir.

Balthazar la regarde. Tout à coup, il est jaloux de Sinan Nani.

▲ ▲ ▲

Marie entre chez Balthazar. Les jumeaux s'énervent dans le sac.

— Une petite minute! Attendez que je vous dépose et que j'allume quelques chandelles! leur dit Marie à mi-voix.

— Zag? appelle X. Zag, où êtes-vous?

— Monsieur le taupe? souffle Y.

— Taisez-vous! dit Marie. Tout cela m'inquiète tellement. Ce n'est pas l'heure des bêtises. Restez tranquilles, sinon vous aurez très mal. Je vais vous coucher dans le grand fauteuil du salon. On est convalescent ou on ne l'est pas. Je fais le tour du rez-de-chaussée et je reviens vous voir...

Chapitre quatorze

— Lila, tu l'aimes pourquoi, Sinan Nani? demande Balthazar à voix basse.

— Je l'aime parce qu'il me tient bien fort entre ses bras quand nous partons au galop sur son cheval, dit-elle tout bas elle aussi. Je l'aime parce que, quand il me regarde, il a des sourires dans les yeux.

— Tu vois, si je me rappelle bien, la bergère de chevaux de mon histoire rêvait aussi d'un cavalier qui la tiendrait entre ses bras. Elle en rêvait seulement.

— Vous voyez bien que je ne suis pas celle de votre histoire, puisque moi, j'ai rencontré Sinan Nani. Monsieur Balthazar, vous ne l'avez jamais terminée, votre histoire de bergère.

— Justement! s'exclame Balthazar. Si je l'avais terminée, j'aurais peut-être écrit la rencontre avec Sinan Nani, puisque ma bergère en avait rêvé...

— Vous tenez vraiment à tout décider? demande Lila, vexée, des larmes dans la voix. Vous ne pouvez pas laisser les gens vivre comme ils veulent?

Balthazar reçoit la question comme un coup au ventre. Que répondre à Lila? Il remplace, une à une, les chandelles du grand chandelier. S'il retrouvait les lettres de l'histoire, s'il la terminait une fois pour toutes, avec Lila si c'était nécessaire, elle pourrait s'en retourner peut-être, retrouver Sinan Nani, rentrer chez ses parents, n'importe quoi pourvu qu'elle soit heureuse. Balthazar observe la petite fille. Tout cela n'a aucun sens.

— Vous voulez que tout se passe dans votre tête à vous, c'est ça? demande encore Lila.

— Ne sois pas triste, dit Balthazar. Si les choses se passent comme ça, ce n'est pas parce que je l'ai décidé...

— Peut-être qu'il vous suffit de penser pour que les choses se passent. Même pire, ajoute-t-elle. Peut-être qu'il suffit qu'il y ait une idée, cachée dans votre tête...

— Ce serait terrible! dit Balthazar.

— C'est terrible, monsieur Balthazar. C'est la pire chose qui pouvait m'arriver. Comme si vous m'aviez sortie de ma vie. Vous vous rendez compte de ce que vous avez fait? Je suis votre prisonnière, et mon cheval aussi.

— Ce n'est pas possible, murmure Balthazar.

— La seule chose possible, c'est que vous ayez tellement pensé à votre bergère que je suis apparue.

— Reste à savoir si tu es vraiment la mienne...

— On dirait bien que oui, malgré les différences, dit Lila. Même si j'ai rencontré Sinan Nani. Vous l'auriez écrit de toute façon, je pense.

Balthazar voit les yeux de Lila s'emplir encore une fois de larmes.

— Il y a une solution. Une seule, dit-elle en essuyant ses larmes. Vous allez terminer l'histoire, avec Sinan

Nani dedans. Je suis votre prisonnière, mais vous allez écrire l'histoire
comme je veux, moi. Nous verrons
bien ce qui arrivera.

— C'est exactement ce qu'il faut
faire, dit Balthazar. Ne pleure pas,
nous allons l'écrire ensemble, ton histoire.

Balthazar pose Lila et le cheval Mâ
sur la table, sort le papier et tire sa
plume noire de la poche de sa veste.
Lila monte sur son cheval.

— Vas-y, raconte, dit doucement
Balthazar.

— Alors, je suis au bord de la mer
avec tous les chevaux, et Sinan Nani
me demande si je vais rentrer chez
moi un jour. Après des semaines de
voyage, ce serait bien. Sinan pense
que mes parents doivent être très
inquiets et qu'il faudrait leur faire parvenir un message. Moi, je ne sais pas
comment envoyer les messages, mais
il me dit qu'il sait, lui.

— Attends, tu vas trop vite, demande Balthazar. Donne-moi le
temps d'écrire. « *Les pieds dans le
sable blanc...*»

— Non, c'est du sable noir au bord de la mer que je connais !

— « *Les pieds dans le sable noir, Lila caresse le cou de son cheval. Sinan Nani s'approche doucement et lui demande...* »

Lila ferme les yeux. Elle sent le sable humide sous ses pieds, elle voit Sinan Nani s'approcher, la regarder.

— Continuez, Balthazar. J'aime bien comment les choses se passent. Je vous le dis tout de suite, il va poser ses mains sur mes épaules... chuchote Lila.

— Je reprends, dit Balthazar. « *Sinan Nani s'approche doucement et, posant ses mains sur les épaules de Lila, lui demande...*

Balthazar écrit. Lila garde les yeux fermés : elle voit la mer s'étaler devant elle.

— Il nous faudra toute la nuit, murmure-t-elle avec un sourire, la tête couchée sur le cou du petit cheval.

Balthazar sourit. Jamais il n'a éprouvé autant de plaisir à écrire une histoire.

▲ ▲ ▲

En haut, le grand crocodile vient d'entendre des voix. Il court partout sur l'étage pour avertir les autres.

— Béatrice! Zag! Où êtes-vous! Bé? Répondez-moi! Ça sent la catastrophe! Revenez!

Personne ne répond, tous occupés qu'ils sont à fouiller les six chambres de l'étage. Le brave reptile qui n'a jamais eu peur des chasseurs songe tout à coup qu'il est bien vieux pour faire face au drame. Il se tapit près de l'escalier pour mieux voir venir l'ennemi.

Chapitre quinze

Marie s'assure que les jumeaux ne bougeront pas.

— Il n'y a personne en bas, dit-elle. Je vais voir ce qui se passe là-haut. Soyez sages. Je monte!

Marie sort la lettre de la poche de son manteau. Elle saisit la lampe à pétrole et monte l'escalier le plus silencieusement possible. Lorsqu'elle voit deux yeux jaunes la fixer, en haut des marches, elle ne s'étonne pas.

— Croque? C'est toi? souffle Marie.

Le grand crocodile est incapable d'ouvrir la bouche. Elle l'a reconnu, elle le connaît?

— N'aie pas peur, continue Marie. Je suis Marie, l'amie de Balthazar.

— Je sais, articule difficilement le pauvre animal.

— Écoute-moi bien, fait Marie à voix basse. Il se passe des choses très étranges dans la maison. Et Balthazar n'est pas là. Va vite chercher les autres. Je veux parler de tout cela avec vous. Va, je t'attends.

Le grand Croque s'exécute. L'ordre a été donné le plus doucement du monde. Il fait le tour de toutes les chambres.

— Rassemblement en haut de l'escalier. Vite, Marie nous attend.

Pendant qu'il essaie tant bien que mal de réunir son monde, Marie entre dans la chambre de Balthazar et dépose la lettre sur le lit. «Vous reviendrez, mon Balthazar. Vous ne pouvez pas disparaître, sinon il y aurait un trou dans ma vie», murmure-t-elle au fond de son cœur.

En revenant vers la porte, elle aperçoit un petit boa, dressé le long du mur, sifflant de toutes ses forces.

— Te voilà, mon cher serpent! dit-elle. Ne crains rien...

— Oh, pardon! Madame Marie? demande-t-il timidement.

— Tout le monde me connaît donc, ici? dit-elle en riant.

— Nous vous avons vue à midi.

— Vous étiez tous là? demande-t-elle. Viens, tu me raconteras plus tard.

Lorsque Marie revient en haut de l'escalier, ils sont là, rassemblés, heureux.

— Vous avez tous un drôle d'air! dit-elle. Mais la situation vous le permet. Allons rejoindre les autres au salon.

— Quels autres? demande Antoine.

— Des jumeaux...

— Vous les avez retrouvés! tonne le crocodile.

— Ils étaient chez moi..., dit Marie.

— Chez vous? hurlent-ils tous à la fois.

— Allons, venez! Nous avons bien besoin de démêler tout ça. Allez, qu'est-ce que vous attendez? demande Marie, légèrement impatiente.

— C'est que... nous ne savons pas comment descendre, dit le dragon Zag.

Marie s'agenouille en souriant.

— Venez là, sur ma jupe. N'ayez pas peur. Je vais retenir les bords et ce sera comme un grand sac.

D'une main, elle tortille sa jupe qui a bientôt l'air d'un baluchon, rempli d'une étrange faune. De l'autre, elle reprend la lampe à pétrole et descend prudemment l'escalier.

— Nous voilà! lance-t-elle aux deux inquiets du salon.

Elle dépose le contenu de sa jupe dans le fauteuil. Ils sautent de joie, heureux de retrouver les jumeaux.

«Cela n'a toujours aucun sens», se dit Marie pour la dixième fois.

Chapitre seize

Balthazar écrit toujours. « *Le messager rapportait à Lila un étrange papier.*

— *C'est un télégramme, explique Sinan Nani. Je vais te le lire. "Viens te chercher Kashgar. Stop. Dans huit jours. Stop. Amours. Stop. Ton père."*»

— Mon père n'écrit pas. Et il ne parle pas comme ça non plus, dit Lila, très inquiète.

C'est ce que vient d'écrire Balthazar. Lila éclate de rire.

— C'est vrai, Balthazar, dit-elle. Les gens ne parlent pas comme ça !

— C'est un message ! Attends ! Il faut bien qu'on s'amuse un peu tous les deux, dit Balthazar en riant.

Il explique à Lila comment fonctionnent les télégrammes, comment le messager a rejoint son père, par un télégramme à un autre messager qui est allé voir son père.

— Et il a répondu, tu vois? Il t'attend dans huit jours à Kashgar.

— C'est loin huit jours, dit Lila.

— Il n'y a rien de loin, et les huit jours vont passer très vite, tu vas voir.

— Mais n'oubliez pas, Balthazar, je veux rentrer chez moi avec Sinan Nani.

— Ne t'en fais pas. C'est ton histoire, non? Elle sera comme tu le désires, petite fille.

Balthazar reprend sa plume et trace vite à l'encre noire les mots qui racontent la vie de Lila comme elle l'aime.

▲ ▲ ▲

— Je vous signale que vous n'êtes plus dans vos livres, j'ai bien vérifié, déclare Marie à son petit public.

Ils ont raconté chacun leur tour tout ce qui s'est passé depuis la veille.

— À quelle heure êtes-vous arrivés, au fait? demande Marie.

— C'était la nuit dernière, dit Zag. Probablement vers cette heure-ci la nuit dernière.

— C'est juste, dit le crocodile. Il devait être quatre ou cinq heures, dans la nuit.

— Mais ce n'est que vers midi que nous avons osé sortir de nos cachettes, précise Béatrice.

— Oui, dit Antoine. Nous étions tous ici et là dans le salon quand vous êtes arrivée.

— Avant votre entrée, nous pensions que c'était un jeu, dit Zag. Une sorte de cache-cache littéraire...

— Oh! quelle trouvaille, s'exclame Marie. Il faudra en parler à Balthazar. Le cache-cache littéraire!

— Et les lecteurs, alors? s'inquiète le serpent Bé. Imaginez tous ceux qui ont ouvert un livre de Balthazar durant les vingt-quatre dernières heures.

— Ils doivent sûrement se poser des questions, dit le dragon Zag, qui a toutes les peines du monde à ne pas rire. Ils ouvrent leur livre et hop! plus personne. Seulement le décor et

un peu d'histoire, pas de personnages...

— Un peu de sérieux, coupe
Marie. Nous sommes tous très fatigués et le fou rire nous guette, c'est
normal. Mais tout cela ne nous dit
rien sur Balthazar...

— Et si, hasarde le dragon Zag, et
si monsieur Balthazar était dans un
livre, dans tous les livres?

— Je l'aurais vu, répond Marie
dans un long soupir.

— Ne vous en faites pas, madame
Marie, disent les jumeaux. Il va revenir. Nous sommes convaincus qu'il
est ici.

— Nous verrons bien, dit Marie, la
voix tout à coup très triste et très
fatiguée.

▲   ▲   ▲

— Six heures du matin! Tu te
rends compte? demande Balthazar à
Lila.

— J'ai faim, dit doucement Lila. Et
Mâ aussi. Et puis, il faudrait qu'il
sorte un peu!

— Dans la neige?

— Dans les montagnes, il n'a jamais eu peur de la neige! Nous terminerons plus tard?

— J'aurais bien aimé finir d'écrire l'histoire cette nuit, dit Balthazar.

— Vous auriez aimé! Vous n'êtes pas tout seul à raconter l'histoire! Mais ça ne donne rien de raconter trop vite si nous sommes trop fatigués, si nous avons trop faim.

— Tu as raison. Nous avons tout le temps devant nous, dit Balthazar. Viens! Installe-toi sur mon épaule.

— Viens, Mâ, n'aie pas peur! dit Lila.

Le petit cheval a traversé des montagnes, mais il n'est jamais monté sur l'épaule d'un géant!

— Viens, fais comme moi! dit en riant Lila à son petit cheval.

Balthazar ouvre la lourde trappe qui ferme l'escalier du grenier et revient chercher un chandelier. Il descend les premières marches, Lila sur une épaule et le cheval sur l'autre.

— Tenez-vous bien! Si au moins on y voyait clair!

— Chut, fait tout à coup Lila.

— Tu as peur? demande Balthazar.

— Taisez-vous! Vous n'entendez pas?

Balthazar s'arrête. Non, il n'entend rien.

— J'ai entendu des voix, lui souffle Lila à l'oreille.

Balthazar descend le plus silencieusement possible. À mesure qu'il se rapproche du palier, il croit lui aussi entendre des voix.

— Il y a des gens en bas, je vous le jure! dit encore Lila.

— Tu as raison...

Il descend encore quelques marches puis le silence revient.

Dans le salon, Marie fait signe aux autres de se taire.

— J'entends des pas, souffle-t-elle. Plus un mot.

— N'ayez pas peur, Marie, dit le crocodile. Nous sommes tous là.

Balthazar continue sa descente sur la pointe des pieds. Le salon est illuminé. Encore sept marches, six, cinq, quatre... L'ombre de Balthazar glisse sur le mur, devant la porte du salon.

— Balthazar! crie Marie très fort.

Balthazar... répète-t-elle ensuite dans un murmure en courant vers lui.

— Cramponne-toi! crie Lila à son cheval.

Balthazar entre en trombe dans le salon, dépose le chandelier et reçoit Marie entre ses bras.

— Oh, Balthazar! J'ai cru que je ne vous reverrais plus!

Marie ne peut s'empêcher de pleurer. Balthazar la serre contre lui, la berce, pose ses lèvres sur son front. Entre ses larmes, elle éclate de rire.

— Qu'est-ce que vous faites avec un cheval sur l'épaule? Et cette jolie petite fille? dit Marie d'une voix tout à coup très jeune.

— Ce sera bien long à raconter, lui chuchote Balthazar à l'oreille. Mais vous, Marie?

— Je savais que vous alliez revenir...

Balthazar lève les yeux et découvre l'incroyable famille installée dans le grand fauteuil de cuir bleu.

— Mon Croque! lance-t-il. Les jumeaux! Béatrice, Antoine...

Balthazar se frotte les yeux.

— Le serpent, Zag..., ajoute-t-il, très ému.

Puis, se reprenant très vite :

— Je vous présente Lila, et son cheval Mâ.

Chapitre dix-sept

Tout le monde se retrouve à la cuisine, après une très longue conversation où chacun a tenté d'expliquer la situation. Balthazar et Marie ont sorti des oranges et de la confiture d'abricots, ils ont fait chauffer des brioches qu'ils ont coupées en minuscules bouchées. Dehors, le soleil fait briller la neige.

— Il va pourtant vous falloir retourner dans vos livres, dit calmement Balthazar.

— J'aimerais mieux rester ici pour... pour toujours, bafouille le serpent Bé. On est très bien chez vous, monsieur Balthazar.

— Moi, j'ai bien hâte de repartir, dit Lila avec un clin d'œil à Balthazar.

— Toi, répond-il en souriant, ton histoire n'est pas encore tout à fait terminée, mais pour les autres ce n'est pas la même chose.

— Est-ce que je pourrais aller faire un tour dans le conte de Béatrice? demande tout bas Antoine.

— Je le savais, je le savais! s'exclame le dragon Zag en riant. Mon cher taupe, vous ne pouvez plus vous passer de Béatrice!

— Zag! Vous le faites exprès, réplique Béatrice. Ce serait bien, tout de même, qu'Antoine vienne faire un tour dans mon histoire.

— Arrêtez! gronde Balthazar. Vous n'allez pas tourner toutes les histoires à l'envers. C'est moi qui décide!

— Ne décidez pas trop, monsieur Balthazar, dit Lila en se moquant un peu.

— Ce qui serait bien, suggère Balthazar avec un air de petit garçon, c'est que nous nous donnions rendez-vous ici, chaque année. Les lecteurs se poseraient encore des questions, bien sûr, comme cette nuit. Mais une fois par année, ce n'est pas si terrible.

— À condition que Marie soit toujours là, exigent les jumeaux.

— Marie sera toujours là, murmure tendrement Balthazar. Vous avez eu vraiment très peur? lui demande-t-il à voix basse.

Marie sourit.

— Quand vous monterez dans votre chambre, puisqu'il faudra bien vous reposer, vous trouverez la réponse, souffle-t-elle à l'oreille de Balthazar.

Balthazar a tout à coup l'impression de rajeunir de trente ans.

— Attendez-moi, je reviens tout de suite, dit-il aux affamés qui vident le pot d'abricots.

Marie le regarde sortir de la cuisine à grands pas, courir dans l'escalier. «Il va pourtant se casser quelque chose un jour!» songe-t-elle en souriant. Elle le suit du regard.

— Je vous laisse finir de manger, dit-elle aux petits. Je vais m'asseoir au salon. Cette longue nuit m'a épuisée...

Son cœur bat à grands coups. Marie va s'asseoir toute seule devant le feu. Quand Balthazar redescend, elle n'a pas besoin de parler. Il a lu sa lettre, elle le voit bien. Il s'age-

nouille à côté d'elle et regarde longtemps Marie de ses yeux de velours.
Elle passe lentement la main dans
les cheveux blancs de Balthazar. Il
n'a pas besoin de répondre ni de
dire qu'il ne partirait jamais sans
l'avertir, qu'il n'irait jamais épouser
une femme quelque part dans un
océan plein de soleil.

— Marie... Je vous aime, Marie.
Vous savez bien que je vous aime.

Non, elle ne le savait pas vraiment.
Et tout à coup, le sourire de Marie ressemble étrangement à celui de Lila.

▲   ▲   ▲

Dans la cuisine, les enfants de
Balthazar s'amusent comme s'ils se
connaissaient depuis toujours. Lila
galope sur son petit cheval.

— Vous savez ce qu'il faudrait
demander à Balthazar? suggère le
crocodile. D'écrire une nouvelle histoire, lorsque nous serons retournés
dans nos livres. Une histoire dans
laquelle nous serions tous!

— Réunis dans la même histoire...,
dit doucement Béatrice.

— Comme ça, votre gentil taupe ne serait pas loin! lance Zag.

— Cessez donc! réplique Béatrice en riant.

— On aurait le droit de vous jouer des tours? demandent en même temps X et Y.

— Bien sûr, dit le crocodile. Nous restons tous les mêmes.

— Pas tout à fait, corrige le serpent Bé. Après une nuit comme celle-ci, nous ne serons plus jamais tout à fait les mêmes... Même dans nos livres.

Balthazar et Marie reviennent à la cuisine et observent, attendris, cette bande de curieux personnages.

— Il va falloir s'occuper de vous, les enfants, dit Balthazar.

— Justement, nous avons eu une idée, déclare le grand Croque.

Il expose très sérieusement le projet à monsieur Balthazar.

— Tout le monde dans le même conte! Qu'en pensez-vous, Marie?

— Ce ne serait pas très différent de ce qui se passe ici, maintenant..., répond-elle. J'aimerais bien vous voir écrire l'histoire de cette bande de...

— De...? demande le serpent Bé, l'œil pointu.

— De... Il n'y a pas de mots, soupire Marie.

— Allons, tout le monde dans son livre, dit subitement Balthazar.

— Et moi? hasarde Lila.

— Tu attends bien sagement que nous terminions l'histoire. Ne t'en fais pas, ce ne sera pas très long.

— Mais comment rentre-t-on dans un livre? demande Antoine.

— Aussi facilement qu'on en sort, précise Marie. Je vais vous expliquer ce qui s'est passé. J'ai tout compris. Pas vous, Balthazar?

Balthazar sourit. Bien sûr qu'il a compris, même si tout cela dépasse l'entendement. Lila aussi comprend tout ce qui s'est passé depuis le début.

— Balthazar cherchait ses lettres, vous le savez, je pense, dit Marie.

— Je crois d'ailleurs qu'elles sont rangées dans le placard de la salle à manger, glisse finement Béatrice.

— Non! fait Balthazar, incrédule. Dans le placard? Je vais les chercher!

Balthazar sort en trombe de la cuisine.

— Donc, poursuit Marie, Balthazar voulait retrouver l'histoire de sa bergère. Il le désirait tellement que Lila est apparue malgré lui. Mais avant, il a dû penser à vous aussi, trop fort, et sans s'en rendre compte. Il devait penser à ses personnages préférés. Et vous vous êtes retrouvés ici, tout simplement, parce qu'il a trop pensé à vous. Alors, pour rentrer dans vos livres, si vous essayez de penser très fort à votre histoire, vous risquez d'y retourner!

— On essaie! lance le dragon Zag.

— Vous êtes bien pressé! dit le serpent Bé.

— Mais puisque nous reviendrons...

Balthazar entre en trombe dans la cuisine.

— Elles sont toutes là! Toutes, Marie! Toutes les lettres de l'histoire.

— Alors, nous pouvons repartir en paix, souffle le serpent Bé.

Antoine la taupe embrasse tendrement Béatrice, le crocodile tapote le pied de Lila, le serpent Bé s'enroule autour d'Antoine, les jumeaux flattent la tête de Zag; ils s'embrassent tous, se font les adieux les plus tendres et les plus gentils. Balthazar admire son petit monde.

— J'écrirai vite la nouvelle histoire! dit-il, très ému.

Marie se serre contre lui. Ce sont les jumeaux qui disparaissent les premiers, puis Béatrice et Antoine au même instant, le serpent Bé, puis le dragon Zag. Le grand Croque a tout juste le temps de faire un clin d'œil à Marie et à Balthazar avant de disparaître à son tour.

— Vous aviez raison, dit Balthazar à Marie.

— Ils avaient tous compris, souffle Marie à l'oreille de Balthazar.

Sur la table de la cuisine, Lila retient son cheval.

— Venez vite! Je voudrais bien rentrer chez moi! Mon père m'attend à Kashgar!

— Tout le monde t'attend. Ton père, ta mère, Sinan Nani! Et tes chevaux!

Lila sourit.

— Je vous rejoins au salon. Je vais chercher mes papiers, dit Balthazar.

Marie et Lila s'asseyent dans le fauteuil bleu. Le petit cheval se promène sur la table de travail parmi les soixante-douze chevaux immobiles.

▲ ▲ ▲

Deux heures plus tard, Balthazar met le point final à l'histoire de Lila. Marie dort depuis longtemps dans le fauteuil de cuir bleu.

— Voilà, murmure Balthazar. C'est fini.

Il pose délicatement sa bergère sur le dos du petit cheval noir.

— Je pourrai revenir, moi aussi? chuchote-t-elle.

— Bien sûr, ma bergère. Tu pourras revenir quand tu le voudras.

— Je ne veux pas partir sans dire au revoir à madame Marie.

Balthazar passe doucement la main sur le front de Marie qui, lentement, ouvre les yeux.

— Adieu, madame, dit Lila en embrassant Marie.

Balthazar embrasse aussi sa bergère et, dans un sourire, elle disparaît, laissant planer derrière elle un très long silence.

— Balthazar, souffle Marie, il faudra faire très attention quand vous pensez à quelqu'un. Vous êtes dangereux...

— Et si je ne pensais qu'à vous?

— Ce serait bien, dit Marie en plissant les yeux.

Balthazar rassemble tous les feuillets qu'il a écrits en écoutant Lila. Il ouvre une boîte marquée *Bergère* parmi les centaines de boîtes du placard, remplie de toutes les lettres qu'il n'a jamais envoyées à Marie.

Ils s'installent tous les deux devant le feu et lisent, page après page, l'histoire de la bergère de chevaux.

— Vous m'écriviez tout cela! s'étonne Marie. J'aurais bien aimé recevoir toutes vos lettres à mesure.

— J'aurais dû vous les envoyer, je sais, lui murmure Balthazar à l'oreille, s'attardant un moment dans le cou de Marie. Mais tout de suite après la première lettre, j'ai eu peur de me mêler de votre vie, de ce qui ne me regardait pas. Des chevaux, de vous quand vous étiez petite. Je ne sais pas pourquoi, Marie, j'ai attendu.

Marie accroche son regard à celui de Balthazar.

— Vous l'aimez, ce conte? demande-t-il.

— Beaucoup. C'est un peu mon histoire, mais ailleurs, et autrement.

— Et voici la fin, dit timidement Balthazar en tendant à Marie les derniers feuillets.

Marie lève vers lui un regard qui ressemble de plus en plus à celui de Lila.

— Merci, Balthazar, dit-elle tendrement.

— C'était pour vous, Marie. Pour vous. Un jour, ajoute-t-il en se blottissant contre elle, un jour je vous offrirai un cheval.

— Oh non! répond Marie. Ne faites pas ça!

— J'en rêve!

— Ne rêvez pas trop, Balthazar! Le cheval pourrait bien apparaître tout à coup devant nous.

— Je rêverai à autre chose, dit-il en souhaitant très fort que Marie reste avec lui pour toujours.

Et c'est ce qui arriva, car Balthazar savait bien faire les choses.

Fin

CHEZ QUÉBEC/AMÉRIQUE JEUNESSE

BILBO JEUNESSE

Beauchemin, Yves
   ANTOINE ET ALFRED #40

Beauchesne, Yves et Schinkel, David
   MACK LE ROUGE #17

Cyr, Céline
   PANTOUFLES INTERDITES #30
   VINCENT-LES-VIOLETTES #24

Demers, Dominique
   LA NOUVELLE MAÎTRESSE #58

Duchesne, Christiane
   BERTHOLD ET LUCRÈCE #54

Froissart, Bénédicte
   Série Camille
   CAMILLE, RUE DU BOIS #43
   UNE ODEUR DE MYSTÈRE #55

Gagnon, Cécile
   LE CHAMPION DES BRICOLEURS #33
   UN CHIEN, UN VÉLO ET DES PIZZAS #16

Gingras, Charlotte
   Série Aurélie
   LES CHATS D'AURÉLIE #52
   L'ÎLE AU GÉANT #59
   LA FABRIQUE DE CITROUILLE #61

Gravel, François
   GRANULITE #36
   Série Klonk
   KLONK #47
   LANCE ET KLONK #53
   LE CERCUEIL DE KLONK #60
   UN AMOUR DE KLONK #62

Marineau, Michèle
   L'HOMME DU CHESHIRE #31

Marois, Carmen
  Série Picote et Galatée
  LE PIANO DE BEETHOVEN #34
  UN DRAGON DANS LA CUISINE #42
  LE FANTÔME DE MESMER #51
Moessinger, Pierre
  TROIS ALLERS DEUX RETOURS #13
Pasquet, Jacques
  MYSTÈRE ET BOULE DE GOMME #8
Roberts, Ken
  LES IDÉES FOLLES #6
Sarfati, Sonia
  LE PARI D'AGATHE #20
Vonarburg, Élisabeth
  HISTOIRE DE LA PRINCESSE ET DU
  DRAGON #29

GULLIVER JEUNESSE

Beauchemin, Yves
  UNE HISTOIRE À FAIRE JAPPER #35
Bélanger, Jean-Pierre
  Série Félix
  LA BANDE À FÉLIX #32
  FÉLIX ET LE SINGE-À-BARBE #38
Brochu, Yvon
  Série Jacques St-Martin
  ON NE SE LAISSE PLUS FAIRE #19
  ON N'EST PAS DES MONSTRES #39
  ARRÊTE DE FAIRE LE CLOWN #44
Cyr, Céline
  LES LUNETTES D'ANASTASIE #18
  LES PRISONNIERS DE MONSIEUR
  ALPHONSE #12
  TU RÊVES, COMA #50

Dubé, Jasmine
LA TÊTE DE LINE HOTTE #23
Duchesne, Christiane
GASPARD OU LE CHEMIN
DES MONTAGNES #1
VICTOR #37
LA BERGÈRE DE CHEVAUX #46
LA 42ᴱ SŒUR DE BÉBERT #48
LES PÉRIPÉTIES DE P. LE PROPHÈTE #56
Série Clara Vic
LA VRAIE HISTOIRE DU CHIEN
DE CLARA VIC #26
BIBITSA OU L'ÉTRANGE VOYAGE
DE CLARA VIC #2
Ellis, Sarah
QUELQUE TEMPS DANS LA VIE
DE JESSICA #28
Gagnon, Gilles
L'ARMÉE DU SOMMEIL #10
Goulet, Stella
MILLE BAISERS, GRAND-PÈRE #3
Gravel, François
GUILLAUME #63
Lévesque, Louise
Série Bouquinville
ENTRE DEUX TEMPS #41
LES ENFANTS D'YDRIS #27
MENACE SUR BOUQUINVILLE #21
Mercier, Johanne
LE BLOND DES CARTES #22
Noël, Mireille
**Série Les Aventures de Simon
et Samuel Basset**
UN FANTÔME POUR L'EMPRESS #57

Pigeon, Pierre
    L'ORDINATEUR ÉGARÉ #7
    LE GRAND TÉNÉBREUX #9
Sarfati, Sonia
    SAUVETAGES #25
Vonarburg, Élisabeth
    LES CONTES DE LA CHATTE ROUGE #45

TITAN JEUNESSE

Cantin, Reynald
    LA LECTURE DU DIABLE #24
    Série Ève
    J'AI BESOIN DE PERSONNE #6
    LE SECRET D'ÈVE #13
    LE CHOIX D'ÈVE #14
Côté, Denis
    NOCTURNES POUR JESSIE #5
Daveluy, Paule
    Série Sylvette
    SYLVETTE ET LES ADULTES #15
    SYLVETTE SOUS LA TENTE BLEUE #21
Demers, Dominique
    Série Marie-Lune
    LES GRANDS SAPINS NE MEURENT PAS #17
    ILS DANSENT DANS LA TEMPÊTE #22
Grosbois (de), Paul
    VOL DE RÊVES #7
Labelle-Ruel, Nicole
    Série Cri du cœur
    UN JARDINIER POUR LES HOMMES #2
    LES YEUX BOUCHÉS #18
Lazure, Jacques
    LE DOMAINE DES SANS YEUX #11
    PELLICULES-CITÉS #1
Lebœuf, Gaétan
    BOUDIN D'AIR #12

Lemieux, Jean
    LA COUSINE DES ÉTATS #20
    LE TRÉSOR DE BRION #25

Marineau, Michèle
    LA ROUTE DE CHLIFA #16
    Série Cassiopée
    CASSIOPÉE OU L'ÉTÉ POLONAIS #9
    L'ÉTÉ DES BALEINES #10

Martel, Robert
    LOUPRECKA #3

Montpetit, Charles
    COPIE CARBONE #19

Poitras, Anique
    LA LUMIÈRE BLANCHE #25
    LA DEUXIÈME VIE #23

Vanasse, André
    DES MILLIONS POUR UNE CHANSON #8

COLLECTION CLIP

April, Jean-Pierre
    N'AJUSTEZ PAS VOS HALLUCINETTES #4

Barthélémy, Mimi
    LE MARIAGE D'UNE PUCE #5

Bélil, Michel
    LA GROTTE DE TOUBOUCTOM #13

Cantin, Reynald
    LE LAC DISPARU #8

Collectifs
    LA PREMIÈRE FOIS, tome 1 #1
    LA PREMIÈRE FOIS, tome 2 #2
    PAR CHEMINS INVENTÉS #10
    ICI #12
    LE BAL DES OMBRES #17
    TOUT UN MONDE À RACONTER #19

Gagnon, Cécile
    L'HERBE QUI MURMURE #7

Laberge, Marc
   DESTINS #16
   LE GALCIER #18
Lazure, Jacques
   MONSIEUR N'IMPORTE QUI #14
Marois, Carmen
   LES BOTERO #11
Pasquet, Jacques
   SANS QUEUE NI TÊTE #3
   L'ESPRIT DE LA LUNE #6
Sernine, Daniel
   LA COULEUR NOUVELLE #9
Vonarburg, Élisabeth
   LES CONTES DE TYRANAËL #15

THÉÂTRE JEUNESSE

Émond, Louis
   COMME UNE OMBRE #2
Pollender, Raymond
   LE CADEAU D'ISAAC #1

CONTES POUR TOUS

Carrier, Roch
   LE MARTIEN DE NOËL, sélection Club La Fête
Desjardins, Jacques A.
   TIRELIRE, COMBINES ET CIE #13
Goulet, Stella
   PAS DE RÉPIT POUR MÉLANIE #10
Julien, Viviane
   BYE BYE CHAPERON ROUGE #9
   C'EST PAS PARCE QU'ON EST PETIT
      QU'ON PEUT PAS ÊTRE GRAND #5
   DANGER PLEINE LUNE #14
   FIERRO... L'ÉTÉ DES SECRETS #8
   LA CHAMPIONNE #12
   LA GRENOUILLE ET LA BALEINE #6
   LE JEUNE MAGICIEN #4

Patenaude, Danyèle et Cantin, Roger
    LA GUERRE DES TUQUES #1
Renaud, Bernadette
    BACH ET BOTTINE #3
Rubbo, Michael
    LES AVENTURIERS DU TIMBRE PERDU #7
    OPÉRATION BEURRE DE PINOTTES #2
    VINCENT ET MOI #11
    LE RETOUR DES AVENTURIERS DU
        TIMBRE PERDU #15

LA SÉRIE ANNE
(NOUVELLE ÉDITION FORMAT POCHE)
Montgomery, Lucy Maud
    ANNE...LA MAISON AUX PIGNONS VERTS
    ANNE D'AVONLEA
    ANNE QUITTE SON ÎLE
    ANNE AU DOMAINE DES PEUPLIERS
    ANNE DANS SA MAISON DE RÊVE
    ANNE D'INGLESIDE
    LA VALLÉE ARC-EN-CIEL
    ANNE... RILLA D'INGLESIDE
    CHRONIQUES D'AVONLEA 1

LE DICTIONNAIRE VISUEL JUNIOR
    UNILINGUE FRANÇAIS
    UNILINGUE ANGLAIS
    BILINGUE
    Archambault, Ariane
    Corbeil, Jean-Claude

COLLECTION KID/QUID?
    Dirigée par Christiane Duchesne
        CYRUS L'ENCYCLOPÉDIE QUI
        RACONTE Tome 1 à 4

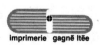

imprimerie gagné ltée

IMPRIMÉ AU CANADA